KB060340

섬 안의 섬

김화순 소설집

청어 도서출판

섬 안의 섬

김화순 소설집

작가의 말

소설을 쓰기 전 가슴속에 수많은 물음표와 함께 응어리들이 있었습니다. 그런 제게 소설을 만난 것은 행운이었습니다. 서투른 글로 가슴속의 응어리를 풀고 나니 한편으론 시원했고, 한편으론 부끄러웠습니다.

이 소설은 직업인으로서 가지는 자리의 책임감과 무게에 대해 고심한 저의 작은 흔적입니다. 오늘도 삶이라는 정글 속에서 치열하게 싸우다 돌아와 조건 없이 쉴 수 있는 보금자리, 바로 현대인들의 80%가 거주하는 아파트가 아닐까요? 누구에게는 하루가 시작되는 곳이고, 누구에게는 밥 줄이기도 하고, 또 누구에게는 삶을 정리하는 곳이기도 하지요.

제 글은 사람과 사람 간의 관계에서 상처받은 이들을 위해 그래도 누군가를 대신해 울어주고, 아파해주고, 어깨동무해 줄 수 있는 작은 휴식 공간으로 남았으면 좋겠습니다. 오늘도 아파트의 안녕을 위해 현장에서 고군분투하고 계신 관계자분들께 이 책을 바칩니다.

목차

작가의 말   5

너의 자리   9

고래가 삼킨 물고기   39

섬 안의 섬   67

성실과 클라리사 벨른   95

상수와 변수   121

엘리베이터   149

그날 쓰디쓴 커피 맛   177

가지 끝에 머문 햇살   203

너의 자리

《울산문학》 소설 부문 당선작

따르릉-. 아파트 경비실에서 걸려 온 전화였다. 새벽 4시 30분. 이런 시간에 전화가 오는 것은 아파트에 심각한 문제가 발생했단 증거다. 성연은 호흡을 가다듬고 최대한 잠에서 깬 목소리로 전화를 받았다.

"소장님…."

불러놓고는 더는 말을 잇지 못했다. 경비아저씨의 목소리는 겁에 질린 듯 떨리는 목소리였다. 아. 사고가 났구나. 성연은 직감했다. 전화기 송신음 쪽을 손으로 막고는 휴~ 하고는 크게 심호흡을 했다.

"소장님! 놀라지 마이소. 지하 기계실 전체가 물에 잠겼습니다. 아마 배관이 터진 것 같습니다. 플래시를 비춰보니 급수 배관 쪽에서 물이 쏟아지고 있네요."

경비원은 가쁜 숨을 몰아쉬며 자꾸만 말을 더듬거렸다. 순간 성연은 머리통을 망치로 한 대 얻어맞은 것처럼 멍하고 어지러웠다. 가슴은 두근두근 쉴 새 없이 요동쳤다.

"103동 쪽에 있는 상수도 인입 밸브부터 잠그시고, 기계실 안 상황을 잘 모르니 함부로 사람들이 접근하지 못하게 막으세요. 아, 그리고 윤 기사에게도 지금 빨리 연락해서 오라고 하세요."

당부하고 전화를 끊었다.

옷장 문을 열고 작업하기에 편한 옷을 꺼내는 그녀의 손이 미세하게 떨렸다. 아무 생각이 없었다. 본능적으로 손에 잡히는 옷을 대충 걸치고 칫솔질과 세수만 하고 아파트로 향했다. 집에서 아파트까지는 최소한 20분 정도 거리다. 머릿속은 온통 혼란하고 어지러웠다. 지하 기계실에는 소방 주 펌프, 보조 펌프, 소방 전기 패널, 배수펌프 그리고 제일 중요하고 고가인 급수 부스터 펌프와 제어판…. 문제다.

지하층 상부에 연결되어있는 급수 배관 크기는 약 $80mm$. 지하실의 누수나 침수를 대비한 배수펌프는 $45mm$밖에 되지 않았다. 그 배수펌프로는 급수관의 쏟아지는 물을 감당하기엔 무리였을 것이다. 지금으로서는 급수 인입 밸브를 차단하는 것 말고는 방법이 없어 보였다.

문제는 제일 고가인 부스터 펌프였다. 다른 아파트에 설치된 일반 급수펌프는 관리하기 쉽고 시중에 흔했다. 그러나 지금 이 아파트에 설치된 부스터 펌프는 외국

산 부스터 펌프로 보기 드물게 성연이 관리하는 아파트만 보유하고 있었다. 펌프 자체의 소음도 거의 없고 수압도 일정해 정말 사용하기 좋았다. 주변에 부스터 펌프를 사용하는 아파트가 없어 모든 문제는 성연이 혼자 해결할 수밖에 없었다. 그나마 이 아파트 전기가 개별 수전 계약이 되어 있고 지하 기계실에 변전설비가 없는 점이 이런 상황에선 천만다행이었다. 문제는 공용 전기 차단장치가 지상에 없고, 침수된 지하 기계실에 있다는 것이다. 만약 지하 기계실이 잠기면 전신주 변압기에서 전기를 차단해야 한다. 한전 전신주는 일반인이 손대지 못하게 법으로 규정하고 있어 아무리 비상 상황이라 하더라도 아파트 측에서 어떻게 할 수 없는 일이었다.

이 아파트는 D 주택 공사에서 건축 규제가 느슨했던 시기에 지은 5층짜리 10평대의 서민형 임대주택이었다. 아파트에 거주하는 사람은 주로 석유화학 공단이 들어서며 이주한 철거지역 주민과 장애인, 저소득 지원가정의 서민층 중심으로 이루어진 1987년에 준공된 550가구가 사는 아파트이다. 성연이 이곳에서 근무를 시작한 때는 2002년 10월경이었고, 1년쯤 근무하던 차에 이번 일이 터졌다.

아직 캄캄한 새벽. 공기는 차가웠다. 하지만 성연에게는 그 새벽 공기마저도 차갑게 느껴지지 않았다. 마치 비명이라도 터져 나올 것 같은 기분을 가까스로 억누르며 아파트로 향했다. 하늘이 원망스러웠다. 이대로 도망을 가 버리면 어떻게 될까? 그동안 여자라는 핸디캡을 뚫고 어렵게 달려 온 모든 시간이 공중분해 되어 흩어지는 느낌이었다. 주민들의 원성과 직원들의 원망은 또 어떻게 하나! 성연은 눈앞이 캄캄했다. 앞으로 이 업계에서 살아남을 수는 있을까. 하는 두려움에 운전대를 잡은 그녀의 손이 자꾸만 떨려왔다.

이 순간 시계가 영원히 멈추기를 바랐다. 어떻게 아파트까지 왔는지도 몰랐다. 그저 본능적으로 온 것 같다. 차에서 내리기 전 성연은 숨을 깊이 한 번 들이쉬며 마음을 다잡았다. 침착하자. 할 수 있다. 해낼 수 있다. 마치 주술을 외듯이 최면을 걸면서 사고 현장에 갔다. 예상한 대로였다. 이미 물은 지표면 가까이 가득 차 지하 기계실 안의 설비들은 모두 물에 잠겨 있었다. 부스터 펌프와 제어판이 천오백에서 천팔백, 소방펌프가 이백오십, 소방보조 펌프 백팔십, 전기 제어판이 백만 원 거의 이천만 원에 이르는 가격대였다.

"소장님, 우짭니까."

경비아저씨가 걱정스러운 표정으로 물었다.

"너무 걱정하지 마시고 교대 시간이 되면 인수인계하

세요."

성연은 흔들리는 마음을 최대한 진정시키려 애를 썼다. 그리고 아무렇지 않은 척 억지로 태연한 표정을 지었다.

관리사무소에 와서 보니 시계는 5시 20분을 가리키고 있었다.

윤 기사는 사고가 났는데도 아직 아파트에 모습을 드러내지 않았다. 그의 집에서 아파트까지 채 10분도 되지 않는 거리다. 긴급 상황임에도 불구하고 아직 현장에 달려오지 않은 그가 의아했다. 평소에 윤 기사는 성실했다. 한 번도 그녀의 지시를 거부하거나 업무를 게을리한 적이 없는 그였다. 늘 자신이 맡은 일에 최선을 다했고, 주민들에게도 비굴해 보일 정도로 예스맨이었다. 성연은 그런 그가 가끔 진심일까 싶어 역겹게 느껴지기도 했다. 그런 윤 기사가 비상 연락을 받고, 이 중요한 순간 아직 아파트에 도착하지 않았다는 사실에 성연으로서는 짜증스럽고 화가 치밀어 올랐다.

'그래. 급한 불부터 끄고 보자. 늘~그래왔듯 이제까지 걸어왔던 길이 가시밭길이 아니었던 적이 있었나. 이번 고비를 잘 넘기고 나면 파도는 멈추겠지.'

떨리는 손으로 원 통장에게 전화를 걸었다. 다행히 전화를 빨리 받았다. 새벽에 전화해서 미안하다고 하고는 아파트에 긴급한 일이 생겨서 의논할 것이 있으니 관리사무소로 와 달라고 부탁했다. 그는 왜 그러냐고 몇 번을 묻더니 바로 오겠다고 했다.

원 통장은 동사무소에서 활동비를 받으면서도 은근히 동사무소의 회보나 민방위 고지서를 경비원들에게 맡기곤 했다. 그는 아파트 임원도 아니면서 주민이랍시고 경비원들이나 직원들의 동태를 살피며 사사건건 감 놔라, 배 놔라 하며 간섭하기 일쑤였다. 직원들은 못 이기는 척 웬만하면 그의 부탁을 들어준다. 똥이 무서워서 피하는 것이 아니라 더러워서 피하는 거다. 이번 일로 또 어떤 식으로 직원들에게 못살게 굴고, 사사건건 간섭하고 따지고 들지도 모르기 때문에 먼저 그에게 전화를 했다.

그러고는 입주자대표회장에게 전화를 걸어 기계실이 물에 잠겨 비상 상황이라고 알리고 사고를 수습해야 하니 관리사무소로 와 달라고 했다.

성연은 수화기를 내려놓고 후~길게 심호흡을 했다.

'어떻게 헤쳐 나가지. 틀림없이 기사나 경비원 잘못으로 몰아갈 텐데….'

잠시 후 두 사람은 약속이나 한 듯 거의 동시에 관리사무소로 들어왔다.

"지금 지하 기계실 급수 배관 쪽으로 짐작되는데 그곳

이 터진 것 같습니다. 옥상 물탱크 물로는 오전을 사용하면 거의 바닥이 날 것 같습니다."

성연은 숨을 돌리고 다시 말을 이었다.

"안내방송을 하면 세대마다 물을 비축하려 할 거고 그러면 더 빨리 옥상 물탱크가 바닥이 날 것 같습니다. 문제를 해결하려면 적어도 이틀은 걸릴 것 같은데 큰일입니다."

아니나 다를까 성연의 말이 끝나기도 전에 원 통장이 따지고 들었다.

윤 기사는 기계실도 관리하지 않고 도대체 뭐 하는 사람이냐, 경비원들은 순찰도 안 하느냐며 길길이 날뛰었다.

"소장님. 윤 기사는 이런 상황에 뭐 한다고 아직 코빼기도 안 보인다는 말입니까? 이번 일은 기계실을 관리하는 윤 기사와 경비원이 순찰을 제대로 하지 않아 발생한 문제니 두 사람에게 배상책임을 물어야 합니다."

원 통장은 원래 따지기 좋아하는 사람이다 보니 그렇다 치고, 성연은 입주자대표회장의 생각이 궁금했다. 그래서 회장도 원 통장의 생각과 같은지를 물었다. 그의 의중에 따라 사고 책임소재를 가리기 위해 주민들과 전쟁 상태 또는 쉽게 일이 풀려나가거나 둘 중 하나가 될 수밖에 없었다. 회장은 아직도 놀란 표정을 감추지 못하고 있었다. 그는 자꾸만 윤 기사, 윤 기사 하면서 떨리는 목소리로 반복해서 불렀다. 그리고 불안한 눈빛으로 자꾸만 출입문을 쳐다보았다. 성연은 그런 회장의 행동이 이해되지 않았지만 사고가 난 까닭에 너무 놀라 마음을 진정시키지 못하고 있는 것으로 생각했다.

회장에게 무슨 일이 있었냐고 막 물으려던 순간 경비아저씨가 시뻘건 얼굴로 사무실 문을 밀치고 들어왔다. 그는 아마, 원 통장이 했던 말을 들은 모양이었다.

"원 통장, 만만한 게 경비원인가요? 경비가 어디까지 책임을 져야 한단 말입니까? 배관을 우리가 만지기라도 했습니까? 가만히 있는 배관이 터지는데 우리 경비가 어찌합니까?"

"아니, 내 말은 아저씨들이 평소에 순찰을 잘했으면 이런 일이 왜 생겨요, 글쎄."

"원 통장. 순찰을 암만 잘한다고 해도 갑자기 터지는 배관을 우리가 무슨 수로 안다는 말입니까? 큰일이 생기면 도와줄 생각은 안 합니까? 매사에 늘 시비나 걸고 그래요."

자신의 방어에 급급한 듯한 경비원의 말이 성연의 귀에도 거북하게 들렸다.

"뭐라고요? 지금 뭐라고 했어요? 이 사람이 정말."

원 통장의 음성이 시비조로 높아졌다. 그대로 두면 두 사람이 정말 싸울 기세였다.

원 통장은 분을 참지 못해 씩씩거렸고, 얼굴은 붉게 달아올랐다. 성연이 재빨리 나서서 일 수습이 먼저니 더는 왈가왈부하지 말라며 원 통장을 말렸다. 그리고 경비 아저씨에게 사무실 근처에 아무도 오지 못하게 막아 달라고 부탁했다. 원 통장의 성격을 알고 있는 경비원이 슬그머니 꼬리를 내렸다.

"소장님이 여자라 직원들 관리를 제대로 못 하신 건 아닙니까? 기계에 관해서도 약하고."

원 통장은 이제 성연에게 화살을 돌렸다. 성연도 원 통장이 자신에게 공격해 오리라는 것을 예상했던 터였다. 성연은 화가 치밀어 올랐다. 지금 문제를 해결해야 할 시점에 원 통장과 싸워서 안 되는 일이지만, 그대로 넘어갈 수도 없는 상황이었다. 이 문제는 따지고 넘어가야 했다.

왜 일만 터지면 여자가 거론되어야 하는지. 남자면 사고도 안 생기는지 반문하고 싶었다. 원 통장에게 여자 소장이 소장으로 있고, 경비원이 순찰을 잘못하면 멀쩡한 배관이 터지느냐고 물어보았다. 원 통장은 아무 말도 못 했다.

성연은 머릿속으로 사고 원인을 추정해 보았다. 원인이 배관의 주물 배합이 잘못되었을 수도 있었고, 용접 부위가 문제일 수도 있었다. 아니면 누가 고의로 깨뜨렸거나.

성연이 너무 강하게 밀고 나가니 두 사람 눈이 휘둥그레지며 놀랐다. 한 번도 본 적 없는 단호한 말에 놀랐나 보다. 원 통장이 무슨 말을 하려다가 한발 물러섰다. 자신은 임원이 아니라 그냥 입주민일 뿐이니 소장과 회장 두 사람이 알아서 해결하라고 했다.

회장은 사고에 관해서는 끝내 한마디도 하지 않았다. 그의 눈동자가 자꾸만 불안하게 흔들렸다. 그러면서 자꾸만 출입문 쪽으로 고개를 돌렸다.

"윤 기사가 아직 안 오네."

그는 혼잣말처럼 중얼거렸다.

시계는 6시 20분을 가리키고 있었다. 윤 기사는 아직도 아파트에 오지 않았다. 전화를 걸었으나 신호만 갈 뿐이었다. 평소 그의 행동과 너무 달랐다. 성연은 자꾸만 불안했다.

얼마 전 입주자대표회의에서 관리기사의 경험이 부족하니 내보내고 경험이 많은 기사를 채용하자는 안건이 나왔다. 물론 이 안건은 현 회장이 개인적인 친분 있는 사

람을 채용하려는 의도가 분명해 보였다. 더구나 윤 기사
는 전임 회장의 조카였다. 전임 회장과 현 회장은 은근히
앙숙이었다. 현 회장은 전 회장이 조카인 윤 기사와 짜고
각종 공사를 하며 이권을 챙긴다고 소문을 내고 그 일을
바로잡겠다고 회장에 출마했었다. 성연이 보기에는 자신
의 사람을 채용하려는 의도가 두 사람 다 똑같아 보였으
나 그들은 서로 상대를 욕하고 다녔다.

　그래서인가 몇 달 전부터 회장은 유난히 윤 기사가 하
는 일이 마음에 들지 않는다며 사사건건 트집을 잡았다.
아파트 자체 수선공사라도 할라치면 자재 구매부터 부
정이 있는지, 비용은 얼마가 들어갔는지 일일이 구매업
체에 확인하고 다녔다. 성연은 너무 과하다고 여러 차례
말렸으나 회장은 막무가내였다. 급기야 회장은 노골적
으로 윤 기사에게 아파트 일을 그만두라고 요구하기 시
작했다.

　아마도 윤 기사는 아파트로 오지 않을 모양이었다. 윤
기사를 기다리는 것을 포기하고, 성연이 모든 일을 처리
하기로 마음먹었다. 우선 제일 편하고 만만한 물탱크 청
소 업체에 연락했다. 업체 사장은 성연이 처음 관리소장
을 할 때부터 아파트 물탱크를 청소해 왔었다. 자초지종
을 이야기하고 도와 달라고 했다. 아파트에는 수중 펌프

가 없었다. 전문업체의 펌프로 최대한 빨리 지하 기계실의 물을 빼내는 것이 급했기 때문이다.

"소장님, 오늘은 동구 쪽에 작업하는데, 사정을 이야기하고 소장님 쪽에 한 팀을 더 투입하겠습니다."

그의 한마디에 성연은 천군만마를 얻은 것 같았다. 다음 문제는 지하 기계실과 연결된 위험한 전기를 차단하는 게 급선무였다. 한전에 전화를 걸었다. 신호만 갈 뿐 아무도 받지 않았다. 한전 전신주는 함부로 손댈 수 없으니 그들이 출근해서 전화를 받을 때까지 기다려야 했기 때문이다. 평소에 늘 차단기를 설치하자고 입주자대표 회의에 여러 차례 안건으로 올렸으나 비용 문제로 미루어 왔던 일이었다. 성연은 급한 마음에 소방서에도 전화해 보았다. 상황을 대충 설명하고 수중 펌프로 물을 빼는 데 지원해 줄 수 있는지를 물었다. 그러나 소방서에서는 사고가 나기 전엔 출동이 안 된다며 단호하게 거절했다.

'사고를 줄이려고 발버둥을 치는데 사고가 나고 나면 무슨 소용인가.'

벌써 시계는 7시 30분을 가리키고 있었다. 이른 새벽 사람들이 출근하고 학생들은 학교 가느라 아파트 정문이 부산했다. 그들 틈으로 반가운 차 한 대가 왔다. 물탱크 업체였다. 잠시 후 업체 사장과 직원들이 관리사무소로 들어오며 소장도 못 해먹을 직업이라고 너스레를 떨었다. 성연은 별다른 말을 하지 않아도 상황을 이해하는 그들이 믿음직스러웠다.

사고 현장을 확인하기 위해 다시 간 현장에서 경비 아저씨가 지하 기계실 안의 상황을 몰라 답답해하는 성연에게 불쑥 이렇게 말했다.

"소장님, 제가 기계실 안에 들어가 확인을 해 볼까요?"

깜짝 놀라서 그를 말렸다. 지금 물속에는 전기가 흐를 수도 있고, 여러 가지 설비들이 많아 잘못하면 위험할 수도 있는 상황이었다. 더군다나 연세 많으신 경비아저씨가 발이라도 헛디뎌 사고가 나면 큰일이다. 성연으로서는 이미 난 사고에 인사 사고까지 더해지면 더는 수습이 불가능하기 때문이다. 그에게 외부인이 출입할 수 없게 해달라 말하고 공사 현장감독이나 잘해 달라고 부탁하고 사무실로 돌아왔다.

어림잡아도 지하 기계실 안의 물을 빼려면 적어도 두어 시간은 족히 걸릴 것이다.

부스터 펌프 업체에 연락했다. 다행히 전화를 받았다. 상황을 대충 설명하고 긴급공사 요청을 했다. 업체에서는 다른 공사가 많이 밀려 있어 내일이나 되어야 올 수 있다고 했다. 공사비용을 올리려는 속셈을 뻔히 알고 있었지만 독점 기업이라 어쩔 수 없었다. 돈이 문제가 아니라 사고 수습이 먼저였다. 상황이 상황인지라 이대로 물러설 수 없어 간곡히 사정 또 사정했다.

성연이 보기에 갑과 을의 세계는 세상이 아무리 바뀌어도 늘 존재하는 것 같았다. 누군가에게 갑인 사람이 또 다른 누군가에게는 늘 을이다. 제아무리 갑인 사람도 세상 모든 곳에 갑이 될 수는 없다. 누구나 갑이 되고 을이 되는 게 사람 사는 세상이다. 갑이라고 뻐기지도 을이라고 기죽을 필요도 없다는 생각이다.

"빨리 작업하지 않으면 문제는 자꾸 커지는 걸 아시지 않습니까? 550세대 단수야 어쩔 수 없는 일이지만 단수 시간을 최대한 줄여야 하지 않나요. 제발 사정 좀 봐주세요."

"소장님 어차피 기계실도 말려야 되고 물 빼는 시간도 있고 하니 내일 작업 하는 것으로 일정을 맞춥시다."

업체 사장은 뺀질이처럼 뺀질거리며 성연의 애를 태웠다. 이대로 물러설 수는 없었다. 아니 물러서서는 안 되는 상황이었다. 그 업체에게 오늘 안으로 반드시 아파트에 오겠다는 약속을 받아내야만 했다. 그녀는 그 순간 모든 자존심을 버렸다. 성연의 끈질긴 부탁에 업체 사장은 마지못한 듯 약속을 잡았다.

'소방펌프는 당장 급하지 않아서 급수를 처리하고 나서 해결하면 되고.'

"단수 안내방송은 어떻게 합니까?"

경비원이 걱정되는 듯 물었다.

지금 단수 방송을 하면 그나마 남아있던 옥상 탱크 물마저 바닥날 것이다. 집 집마다 원하는 만큼 물을 비축하려고 할 거고 그렇게 되면 옥상 물탱크는 1시간을 채 버티지 못한다. 욕을 먹더라도 지금은 그대로 넘어가고 오전 11시를 넘기고 나서 단수 방송을 하겠다고 말했다.

사고 현장인 지하 기계실에 다시 가 보았다. 부스터 펌프는 물에 잠겨 있는데도 아무 일 없다는 듯 가동되고 있었다. 아직 각 세대에 물이 정상적으로 공급되고 있다는 뜻이다. 옥상 탱크도 마찬가지고. 하지만 이 펌프가 언제 멈출지 모른다. 또 어떤 위험이 올지도 몰랐다. 성연에게는 이 상황에서 인사 사고 같은 큰일이 막는 것이 제일 중요했다.

벌써 9시가 다 되어 간다. 한전에는 아직도 전화를 받지 않았다. 아마 9시 전에는 전화를 받지 않을 모양이다. 곧 회의 시간이다. 긴급회의를 소집했기 때문이다. 성연이 한참 회의 자료를 정리하던 중이었다. 배수 작업을 하던 물탱크 업체 직원이 배관 조각을 들고 관리사무소로 들어왔다.

"소장님! 급수 배관 청소구가 떨어져 나갔네요."

그는 연실 고개를 갸웃거리며 이상하다는 듯 말했다.

"이 아파트 시공업체가 D 주택 공사 아니던가요? 누가 일부러 용접 부분을 부쉈나!"

물탱크 업체 직원은 혼자 말처럼 중얼거렸다.

그가 말한 '일부러 부쉈나' 하는 소리가 성연의 귀에 자꾸만 맴돌았다. 성연은 순간 정신이 번쩍 들었다. 그러면서 아직 출근하지 않은 윤 기사와 아침에 석연치 않았던 입주자대표회장의 행동이 머리를 스쳐 지나갔다. 그녀가 모르는 무슨 일이 생기고 있음이 분명했다.

'설마. 아니겠지. 암 아닐 거야.' 그러면서 고개를 저었다.

윤 기사는 아직도 출근하지 않았다. 물론 전화도 받지 않았다. 성연은 윤 기사가 지각하는 모습을 한 번도 본 적 없었다. 그때 경비 아저씨가 관리사무소로 들어와 머뭇거리며 자꾸만 경리 눈치를 봤다. 성연은 경리에게 잠깐 자리를 피해 달라고 했다.

"소장님. 106동 405호가 새벽기도 간다고 나오다가 지하 기계실에서 윤 기사가 나오는 걸 봤다네요. 윤 기사 아직 출근 안 했죠?"

떨렸다. 불길한 예감이 스치고 지나갔다. 기계실은 윤 기사가 수시로 드나들 수 있는 곳이기에 고의로 훼손했다는 명백한 증거가 없는 이상 함부로 의심할 수도 없었다. 경비원에게 윤 기사가 새벽에 지하 기계실을 갔었다는 사실을 누구에게도 말하지 말아 달라고 당부했다. 일이 수습되면 관리소장인 성연이 알아서 처리하겠다고 맡겨두라고 했다. 괜히 긁어 부스럼이 될 수도 있었다.

9시가 되자 한전에서 전화를 받았다. 단전 조치를 의뢰하고 얼마 지나지 않아 한전에서 전기를 차단했다. 지하 기계실 쪽으로 연결된 모든 전기가 차단되었다. 잘 돌아가던 급수 부스터 펌프도 멈추었다. 지하 기계실 제어시스템이 모두 물에 잠겨 완전히 복구할 때까지는 단전된 상태이기에 옥상 물탱크 외에는 급수를 할 수가 없다. 시에서 공급되는 상수도 수압이 약 6킬로. 잘하면 바로 5층까지 급수 공급은 가능했지만, 수압을 잘 조절하지 못하면 지금처럼 세대로 연결된 용접 부분과 주물 배합이 약한 가지 관이 수압을 견디지 못해 파손될 우려가 있다. 고민하다 어차피 난 사고, 차라리 주민들에게 욕을 먹더라도 또 다른 사고를 막는 방법을 택했다. 거의 대다수 주민은 아파트가 어떻게 운영되고 관리가 되는지 세부적인 사항을 모르기도 하고 관심도 없기 때문이다. 그저 물

잘 나오고 전기 잘 들어오면 아무 일이 없는 줄 안다.

곧 성연은 배관 설비 업체에 전화했다. 배관 업체는 울산에 많은 경쟁 업체가 있어 공사 일정은 어렵지 않게 잡았다.

9시가 훌쩍 넘어가고 있었다. 임원들이 관리사무소로 한 명, 두 명 모여들었다. 그러나 어쩐 일인지 제일 빨리 와야 할 입주자대표회장은 모습을 보이지 않았다. 바쁜가? 고개를 갸웃거리며 전화를 걸었다. 신호는 가는데 전화를 받지 않았다. 이상한 느낌이 들어 다시 신호를 보냈다. 이번엔 전화 신호마저 울리지 않았다. 고의로 피한 듯 짐작되었다. 나 원 참. 이 긴급한 순간에 뭔 시츄에이션? 입에서 욕이 목구멍까지 튀어나올 뻔했지만, 가까스로 참았다. 그리고 다시 한번 더 생각해 보았다. 성연 역시도 도망가고 싶지 않나. 회장인들 주민들에게 욕먹기 싫어서 피한 걸. 성연 자신의 마음이 그 마음인데….

그러면서 자꾸만 새벽에 회장이 보인 불안한 눈빛과 이상한 행동이 자꾸 떠올랐다.

'그래, 별일 아닐 거야.'

임원들이 동요할까 봐 불편한 내색도 할 수가 없었다. "회장은 급한 일로 다른 곳에 들렀다가 온다고 먼저 회의를 시작하라고 했는데 조금만 더 기다려 봅시다" 하

고 거짓말로 둘러대긴 했지만, 성연은 자꾸 불안하고 초
조했다.

경리가 음료수랑 간단한 다과를 준비하는 동안 성연
은 애가 타서 사무실 밖에서 회장에게 또 전화했다. 길게
울리는 신호음이 오늘따라 짜증이 났다. 다행히 전화를
받았다.

9시에 회의한다고 했는데, 왜 아직 안 오냐고 물었다.
그는 머리도 식힐 겸 바닷가라고 했다. 이 상황에 바닷가
라니. 머리로는 이해가 되면서도 한편으론 어이도 없었다.
성연은 자꾸 가슴이 두근거렸다. 오늘 중으로 아파트에
오지 않고 피해버리면 어쩌나 하는 생각과 막연한 불안감
도 존재했다.

성연이 이 일을 제대로 해결해 내지 못하면 더는 이 업
계에서 발을 붙이지 못하게 될 것이다. 이 일은 그녀에
게 직업인으로 평생을 따라다니는 낙인과도 같은 것이었
다. 아파트 회장은 문제 될 게 별로 없었다. 문제가 있어
도 명백한 고의나 과실이 없으면 회장직을 내려놓으면 그
만이다. 여차하면 다른 아파트로 이사 가면 그뿐이고. 또
직원들은 성실하게 보고하고 근무를 게을리하지 않는 이
상 별다른 책임이 없다. 그러나 성연은 관리책임자로서
잘 하나 못 하나 이번 사고에 대해 크든, 적든 책임을 져

야 한다. 무과실책임이기 때문이다. 주민들이 흥분해서 떠들면 떠드는 대로, 직원들의 잘못이면 관리책임자로서 관리부실이 된다. 그것이 관리자의 위치다.

'제기랄.'

9시 20분이 넘어가자 사람들이 회장은 어디 있냐고 묻기 시작했다.

"소장님. 이 중요한 일에 회장이 안 나타나면 우쩝니까? 감당을 못 할 것 같으면 회장을 그만두든지 해야지, 이 무슨 추태고."

임원들이 술렁거렸다. 빨리 수습해야 했다. "회장님은 조금 늦는다고 먼저 회의를 시작하라고 했습니다."라고 하면서 성연은 서둘러 회의를 진행했다.

임원들은 소장님 도대체 무슨 일입니까? 웬 날벼락이야. 잘 돌아가던 아파트에 왜 갑자기 사고가 나느냐? 며투덜댔다. 성연은 그런 그들의 감정을 최대한 건드리지 않으려 노력했다.

침수를 방지하기 위해 지상에 2평 정도 조립식 건물을 지어 전기 관련 시설과 부스터 펌프 제어장치를 이전하는 것으로 입장을 정하고 비용을 대충 추산해서 임원들에게 간단하게 전달했다. 회장은 회의가 끝날 때까지 모습을 드러내지 않았다. 회의가 끝나고 한참 후 회장이 도착했다. 쑥스러워하는 회장의 표정을 뒤로하고 성연은 회장에게 차후에 발생 가능한 문제들을 간단하게 전했다.

오전 10시 30분. 그제야 한숨을 돌렸다. 경리가 조용히 나가서 빵과 우유를 가져와서 책상에 놓고 자리에 앉았다. 성연은 그녀를 보며 미소를 지었다.

새벽. 성연을 휘감던 두려운 마음은 이제 어느 정도 진정되었다. 물에 잠겨 못쓰게 된 기계를 최대한 빨리 복구해서 정상적인 급수를 공급해야 한다. 누가 대신해 줄 사람도 없다. 성연의 직업이고 성연 자신이 선택한 일이기에 최선을 다해보고 후회를 해야 하니까.

커피를 마시고 단수 방송을 해야 할 시간이다. 더 늦어지면 사고가 났는데 방송도 안 한다고 민원이 올 것이고, 방송하고 나면 "왜 이제 알려주느냐."고 민원이 올 것이다. 그러면 거기에 답하느라 한동안 일을 할 수가 없게 된다. 경리가 최 일선에서 전화를 받으니 쌍욕을 제일 많이 먹는다. 배가 부를 만큼. 다음은 경비 아저씨, 성연이 그나마 조금 적게 먹는다. 어느 정도 걸러서 올라오기 때문이다.

모두 마음 단단히 준비하라고 하고 방송을 시작했다. 방송은 경비원보다 성연이 직접 하는 게 훨씬 효과적이다. 소장이 한다는 이유도 있지만, 여자의 이점이 이때 있다. 여자가 힘 많이 들겠다. 말 많은 동네 우짜노… 하는 동정심. 그리고 무엇보다 아직 주민들이 성연을 신뢰하고 잘 따라 주었기 때문이다.

30분씩 터울을 두고 방송했다. 짐작대로 방송을 시작하자마자 전화기와 경비실 인터폰에 불이 났다. 도저히 일할 수가 없다. 성질이 급한 사람은 관리사무소로 경비실로 직접 찾아와서 따지고 물었다. 방송으로 한 내용을 설명하고 또 해야 했다.

그렇게 1시간을 민원에 시달리다 보니 지쳤다. 일로서 지치는 게 아니라 사람으로 지친다. 어차피 일어난 일. 이럴 때 조용히 기다려주는 주민이 제일 고맙다.

오전 11시 30분경. 부스터 펌프 회사에서 사람들이 왔다. 뜻밖이다. 오후 2~3시에 온다고 대답하였으나 못 온다고 할 수도 있는 상황이었다.

"소장님께서 하도 간곡히 부탁해서 다른 현장 취소하고 왔습니다."

지상에 제어시스템을 준비하는 것과 재사용 가능한 자재들은 그냥 사용하고 교체해야 할 범위와 비용들을 협의했다. 작업을 마무리하는데 4~5시간 소요된다고 한다. 지상에 설치할 샌드위치 패널 바닥을 콘크리트로 굳히는데도 많은 시간이 필요하다. 최소한의 시간으로 정하되

상부는 시멘트 굳기와 상관없이 하부에 지지대를 보강하여 우선 설비부터 설치하기로 했다. 점심을 먹고 작업을 시작하기로 하고는 동시에 전기가 먼저 연결되어야 부스터 제어장치 작업이 들어갈 수 있기에 전기 제어장치 작업도 함께 준비토록 했다.

성연은 경리에게 공금에서 점심 식대를 지출하라고 하고 잠시 의자에 머리를 기대었다. 그때 아침부터 보이지 않던 윤 기사가 관리사무소로 들어왔다.

'야! 윤 기사, 너 이래도 되는 거야?'라고 소리치려던 성연은 그의 처참한 몰골을 보고 입을 다물었다. 하루 동안 핼쑥한 얼굴과 퉁퉁 부은 눈이 평소답지 않은 그의 모습이었다. 성연은 터져 나오는 울분을 가까스로 억누르고는 조용히 소파에 앉으라는 시늉으로 고개를 까딱했다.

윤 기사에게 새벽에 지하 기계실에는 왜 갔으며, 도대체 무슨 일이 있었던 건지를 물었다.

윤 기사는 더듬더듬 떨리는 목소리로 말하기 시작했다. 어제 오후 회장이 지하 기계실로 찾아왔었다고 했다. 회장은 윤 기사에게 노골적으로 아파트 기사로 올 사람이 있으니 그만두라고 이야기했다. 윤 기사는 아무런 잘못도 없는 자신이 왜 그만두어야 하느냐, 아무리 회장이지만 함부로 사람을 나가라, 마라 할 권리는 없다고 따졌다.

그러면서 윤 기사는 하지 않아도 될 말을 내뱉고 말았다.

"저 보고 전 회장과 짜고 공사비 빼돌렸다고 소문내지 않으셨나요. 회장님께서 그렇게 하고 싶어서 소문내고 저 보고 나가라는 거 아닙니까? 회장님! 자기 손아귀에 쥘 사람 고용해 놓고 아파트를 떡 주무르듯 주무르고 싶으신 건가요?"

그 말을 들은 회장의 얼굴이 벌겋게 달아올랐다. 그는 주변에 있는 막대기를 손에 잡고는 윤 기사에게 내리쳤다. 윤 기사는 몸을 돌려 아슬아슬하게 막대기를 피했고, 막대기는 근처에 있던 급수 배관 청소구에 부딪혔다. 텅~ 소리가 나며 한동안 메아리가 울렸다. 회장도 놀라고 윤 기사도 놀랐다.

서둘러 회장은 지하 기계실을 나갔다. 윤 기사가 막대기에 부딪힌 청소구를 살폈으나 그때는 아무 문제가 없었다고 했다. 저녁에 퇴근하기 전에 왠지 불안해 지하 기계실에 가서 배관을 살펴보니 조금씩 젖는 느낌이 들었다. 그때 회장으로 인해 마음의 여유도 없었고, 내일 출근해서 수리하면 되겠지 생각하고 퇴근했다고 했다. 그날은 분하고 억울한 마음에 잠도 오지 않아 뒤척이다가 문득 기계실 안이 자꾸 걱정되기 시작했다. 그냥 내버려 둘까 말까 한동안 망설이다가 그래도 자신이 근무하고 있는 곳이기에 모른 척할 수 없어 기계실에 와 보니 배관 쪽에서 물이 쏟아지고 있었다. 어제 퇴근하기 전에 성연에게 보고했었어야 했는데 너무 안일하게 판단한 자신에게 쏟아질 비난이 겁이 났다고 했다. 빨리 그 자리를 피하고 싶은 마음밖에 없었다고 했다.

성연은 후~ 길게 한숨을 내 쉬었다.

'이 일은 또 어떻게 처리하나….'

오후 1시. 아직 기계실이 다 마르지 않았다. 송풍기로 바람을 불어 넣었지만 별 소용이 없었다. 윤 기사에게 일단 미화원과 경비원을 데리고 마른걸레로 기계실 젖은 부위를 닦게 했다. 아무 일도 안 하고 기계실이 마르기를 그냥 기다릴 수만 없었다. 젖은 상태로 작업을 하다 자칫 인명사고가 날 수도 있는 일이었다.

윤 기사 이야기는 아무리 소장이지만 성연이 혼자 감당할 수는 없었다. 혼자 감당하기에 너무 큰 일이고, 아파트에 발생된 손실 비용 또한 컸다. 원 통장과 임원 두 사람을 관리사무소로 오게 했다. 윤 기사가 이야기한 내용을 그들에게 전달했다. 야단법석이 날 줄 알았던 일이었다. 여러 이야기가 오고 갔고, 가끔 큰소리도 났다. 그들은 결론을 나지 않자 성연에게 어떻게 하면 좋겠냐고 의견을 물었다.

성연은 이 일을 외부에 알리지도, 회장이나 윤 기사의 책임 추궁도 하지 않는 것으로 결정을 했으면 좋겠다고 했다. 그냥 배관의 용접 부위가 파손된 거로 마무리하자고 하면서. 그들은 의외로 성연이 바라던 대로 결정해 주었다.

회장에게는 원 통장이 나서서 다시는 직원들의 인사권을 함부로 행사 못 하게 하겠다고 했다. 그러면서 그동안 자기도 평소에 이리저리 나선 것 같아 미안하다는 말을 덧붙였다.

오후 2시. 배관 설비작업이 시작되었다. 부스터 제어장치는 새로 구매하는 것이기에 큰 문제가 없었고, 전기 설비는 기존 선로를 무시하고 새로 설치했다.

원 통장이 간단한 죽과 과일을 들고 관리사무소로 왔다. 평소답지 않은 모습에 성연은 의아했다.

"아침에 서운했죠? 이거 드시고 마음 푸세요. 다른 직원들 것도 준비했어요."

누구보다 이재에 밝은 원 통장이었다. 아마 원 통장은 곧 있을 아파트 재건축 사업의 조합장 자리를 염두에 두고 있는 것이 분명해 보였다.

저녁 5시가 넘어가자 재차 단수 방송을 하였으나 아침에 출근하느라 방송을 듣지 못한 주민들의 민원이 몰리기 시작했다. 민원인 중에서 간혹 말이 안 통하고 목소리가 크면 이긴다고 생각하는 사람이 있다. 110동 205호 아저씨도 그런 사람 중에 한 명이었다. 그는 50을 갓 넘긴 나이에 허우대는 멀쩡하고 잘생긴 얼굴과 달리 하는 일 없이 빈둥거리는 백수였다.

"관리소에서 관리비 받아 처먹고 뭐 하노. 내내 놀고 있나. 시부랄 놈들이 우짜길래 물도 안 나오노. 보소. 소장요. 당신 뭐 하는 거요. 소장이라고 자리만 앉아있으면 다요?"

성연은 대꾸할 가치를 못 느껴 가만히 쳐다봤다.

"여자 소장이라 기계를 잘 몰라 생긴 일 아잉교. 아무튼 난 관리비 못 내니 그리 아소."

그는 그동안 다른 곳에서 쌓인 응어리를 이곳에 와서 풀기라도 하듯 고래고래 소리를 질러댔다. 큰 소리가 나자 주민들이 한사람 두 사람 모여들었다. 주민들은 자기들끼리 웅성거렸다. 다짜고짜 내뱉는 말들이었다. "관리비 받아 처먹고 뭐 했느냐?"고 한 사람이 떠들자 다른 사람이 "물이 안 나오는데 관리비를 못 내겠다. 경비가 뭐 하는 인간이냐" 등등….

성연은 침묵했다. 이럴 땐 잘 잘못을 떠나 자세를 낮추는 것이 최선임을 알기 때문이다. 성연이 직장인 이곳에서 쌓인 스트레스를 집에 가서 풀 듯이 저들 역시 하루 동안 직장에서 쌓인 스트레스를 푸는 보금자리가 되어야 하기 때문이다.

"직원들이 이리 고생하는데 왜 이러세요. D 주택 공사에서 부실 공사로 배관이 터진 건가 봐요. 사고를 해결하려고 몸부림치고 있잖아요. 너무 그러지 마세요."

같은 주민인 원 통장의 이 한마디로 주위는 순식간에 조용해졌다.

시계는 벌써 저녁 6시를 넘어가고 있었다. 공사 일을 하던 사람들은 저녁을 먹을 시간이고 직원들은 퇴근할 시간이다. 온종일 성연은 커피와 몇 모금의 물밖에 아무것도 먹지 못했다. 아침부터 조금씩 따끔거리던 입안이 저녁이 되자 입속 전체가 헐어 침을 삼킬 때마다 쓰리고 아팠다.

저녁 9시. 성연은 일이 마무리되는 것을 보고 갈 테니 윤 기사에게 먼저 퇴근하라고 했다. 전기 작업이 끝났고, 곧이어 부스터 펌프와 제어시스템 작업도 마무리되었다. 그러나 제일 빨리 끝날 것만 같던 배관 작업은 자꾸만 지체되고 있었다.

하긴. 급수 배관이 지하 기계실 천장에 있는 데다 각종 설비로 인해 공사 장비를 놓기도 쉽지 않으니 작업이 어려웠으리라. 그래도 작업이 너무 느렸다. 현장에 가 보니 작업자들이 성연이 들으라는 듯이 투덜거렸다.

"제길. 이놈 배관이 왜 이 모양이야. 내가 용접 시작한

지 20년이 되도록 이만큼 용접이 안 되는 건 처음 보네. 에이 참."

용접사는 용접 부위에 이물질을 털어내면서 신경질 부리며 내뱉었다. 성연은 백관의 주물 배합하는 과정에서 이물질이 많이 들어갔나보다 싶었다.

배관 작업은 거의 새벽 1시가 넘어서야 끝이 났다.

시험 가동을 한 뒤에 물이 정상적으로 세대에 공급되는 것을 확인하고 그제야 성연은 한숨을 돌릴 수 있었다. 사무실에 돌아와 보니 책상 위에는 밥과 국, 죽, 과일이 나란히 놓여 있었다.

휴~. 긴 한숨과 함께 피로가 몰려오고 사지가 마비된 것처럼 다리에 힘이 풀려 움직일 수 없었다. 긴 소란이 드디어 끝이 난 것이다. 관리사무소 창밖으로 한 집 두 집 발코니 불이 꺼지는 모습이 보였다.

밤의 고요가 밀려왔다. 비로소 아파트라는 정글에도 진정한 밤이 시작된 것이다.

고래가 삼킨
물고기

내 기억의 실마리를 찾았다. 그것은 애초에 그런 일이 있었냐는 듯 꼭꼭 숨겨버린, 그래서 애써 찾아내지 않으면 있는 줄도 모르는, 언젠가는 털어 버려야 할 먼지와도 같았다. 또 그것은 내가 원치 않아도 피와 살처럼 어쩔 수 없이 나의 몸과 의식 속에서 일부가 되어 함께 살아 온 것이기도 했다. 그리고 그것들은 내 안에서 곰삭아 새롭게 태어나지 않으면 안 되는 것이었다.

내가 이 아파트로 이사 온 지 두 달쯤 되었을까. 아주 무덥다고 할 수 없어도 이마에 송골송골 땀방울이 맺힐 정도는 되는 그런 여름 초입이었다. 발코니 창을 열자마자 어디서 짙은 니코틴 냄새가 스멀스멀 올라왔다. 아마, 아래층에 사는 누군가가 발코니에 나와 담배를 피우는 모양이었다. 나는 미간을 찌푸렸다. 얼마 전까진 더위가 심하지 않아 아침저녁으로 창을 열어 환기만 시키고 있었던 터였다. 그래서 그나마 냄새가 올라와도 참을 정도는 되었다. 그러나 더위가 점점 심해지고 있었다. 무더운 여름 내내 창을 닫고 살 수는 없는 노릇이었다. 담배 연기는 저녁을 먹을 시간이나 가족들이 단란한 시간을 보낼 때 더 심하게 올라왔다.

아! 우리 애들은 아직 어린데⋯. 가뜩이나 폐가 안 좋은 아들 녀석이 신경 쓰였다. 더구나 아들은 막 사춘기를 시작하는 나이라 호기심도 많고 담배 냄새에도 민감했다. 나 역시 작년에 갑상샘암 수술을 한 상태라 조심해야 할 시기였다.

이 아파트로 이사 온 후 난 우리가 사는 통로에 이사떡을 돌린 적이 있었다. 그때 아래층인 1203호에는 아무도 없었다. 아래층의 옆집 여자, 그러니까 1204호에 사는 여자는 떡을 건네는 내게 묻지도 않은 말을 늘어놓기 시작했다. 1203호 남자는 도심 외곽에서 술집을 운영하며, 부인과 3년 전에 이혼한 뒤 혼자 살고 있다고 알려주었다.

누구나 자신의 공간에서 쾌적하게 살 권리는 있었다. 그곳이 비록 다수가 거주하는 공간이라 하더라도 달라질 것은 없었다. 나의 일상이 아래층 남자의 담배 연기로 인해 흐트러질 수는 없는 일이었다. 더 생각하고 말 것도 없이 관리사무소로 전화를 걸었다. 신호가 길게 두 번 울렸고, 단아하고 맑은 여자 목소리가 녹음된 안내 음성이 흘러나왔다.

— 고객 응대 근로자 보호법에 따라 대화는 녹음이나 녹취가 되고 있습니다. 관리원은 여러분의 가족입니다. 관리원에게 친절하게 응대해 주십시오. 관리사무소는 입주민 여러분의 생활에 불편함이 없도록 최선의 노력을 하겠습니다.

안내 음성이 끝나자 서른 중반쯤의 조금 딱딱하게 부러지는 건조한 여자의 목소리가 수화기 너머로 들려왔다. 아마 여사무원인 모양이었다.

"관리사무소입니다. 무엇을 도와 드릴까요?"

"2동 1303혼데요. 아래층에서 담배를 피우나 봐요. 공동생활 예절도 모르나? 아파트 모든 곳이 금연 권장 구역 아닌가요?"

사무원에게 조리있고 차분히 민원을 제기해야 하지만, 나는 흥분하고 있었다. 생각할수록 아래층에 사는 사람이 괘씸했다. 그리고 관리사무소에서는 그런 것들도 관리 안 하고 뭐 하고 있나, 하는 원망도 있는 터였다. '이러면 안 되는데.'라는 생각이 들었지만, 그녀에게 상황을 설명하는 나의 목소리가 점점 앙칼지게 변해 갔다. 그녀의 딱딱하고 건조한 응대도 나의 감정을 격앙시키는데 한몫을 차지했다. 내가 너무 흥분한 상태라고 판단했는지 전화를 받던 사무원이 "잠깐만요. 소장님 바꿔 드릴게요."라고 하며 통화를 멈췄다. 잠시 침묵이 흘렀다. 조금 후 소장인 듯한 남자가 "사모님. 무슨 일이 신가요?"라고 물어왔다. 차분한 저음의 50대 후반쯤 되는 남자 목소리였다. 사무원이 소장에게 전화기를 건네는 그 잠깐의 작은 틈 때문이었는지, 아니면 소장의 차분한 목소리 때문이었는지, 어떤 이유인지는 모른다. 아무튼 나의 흥분이 조금씩 가라앉기 시작했다. 그는 나의 말을 끝까지 묵묵히 들어주었다. 그러고는 아래층에 사는 사람에게 연락해서 주의시키겠다는 말과 함께 전화를 끊었다.

그날 저녁, 층간 흡연 피해에 대한 안내방송이 흘러나왔다. 방송이 흘러나오자 나는 적잖이 안심되었다.

'이젠 좀 덜하겠지. 아래층 남자는 관리사무소 눈치도 봐야 하니깐.'

그러나 그런 생각은 내 착각이었다. 담배 연기는 보란 듯이 다시 올라왔다. 더구나 흐린 날이나 비가 오는 날은 공기 순환이 안 돼서 그런지 더욱 심하게 담배 연기가 집 안으로 스며들었다. 문제는 남자가 담배를 피워댈 때마다 아들의 기침은 자꾸만 더 심해지고 있었다. 나는 관리사무소에 다시 전화로 미친 듯이 소리쳤다.

"당신들, 내가 낸 관리비로 월급 받는 사람들 아니야? 입주민이 이렇게 힘들어하는 데 왜 가만히 있는 거야?"

나의 목소리는 앙칼졌고, 거의 패악질이나 다름없었다. 관리사무소 직원들은 방송과 홍보물을 준비하겠다는 말만 되풀이했다. 몇 번이나 같은 말을 반복하다 결국 나는 지쳐서 수화기를 내려놓았다. 하긴, 관리사무소도 별 뾰쪽한 방법이 없기는 매한가지였다.

다음 날이었다. 주민이 다니는 통로 게시판과 엘리베이터 내에 층간 흡연 안내 포스터가 게시되어 있었다. 포스터에는 '아직도 집안에서 흡연 중이신가요?'라는 타이틀과 함께 발코니에서 담배를 피우는 사람의 그림과 '공기 중에 떠다니는 유해 물질 체류 시간 20여 시간.'이라는 슬로건과 함께 문구가 새겨져 있었다. 검은 듯 붉은 톤의 색채로 눈에 확 띄게 강조한 그림이 포인트였고, 담배를 피우는 사람의 입에 물린 담배꽁초에서 내 품는 하얀 연기의 그림이 모든 것을 말해주고 있었다. 그리고 마지막 문구에는 '내 가족, 이웃 모두 피해를 볼 수 있습니다.' 이렇게 적혀 있었다. 그 대상이 누구든 충분히 주의를 상기시킬 수 있는 그런 선명한 문구와 그림이었다. 제발, 아래층 남자가 이 문구를 읽고 담배를 끊었으면 싶었다. 아니, 피우더라도 정해진 흡연 장소에서만 피웠으면 싶었다.

관리사무소의 홍보 때문인지, 나의 거듭되는 민원 때문인지 몰라도 포스터가 붙은 다음 날부터는 담배 연기가 거의 올라오지 않았다. 올라오긴 해도 가끔, 아주 가끔 올라왔다. 이 정도라면 그래도 참을 만했다. 다행이었다. 그리고 한 달쯤 뒤였다.

처음 보는 남자가 찾아왔다. 그는 우리 집 바로 아래층에 산다고 했다. 그때까지 나는 한 번도 아래층 남자와 대면한 적이 없었다. 남자의 나이는 40대 중반쯤으로 보였고, 검붉은 얼굴에 툭 튀어나온 광대뼈 때문인지 가늘게 뜬 실눈이 매서워 보였다. 그가 찾아온 이유는 층간소음 때문이었다.

"밤 10시가 넘었어요. 도대체 뭐 하는 겁니까? 덜거덕거리는 소리가 나서 정말 못 살겠어요."

착 가라앉은 굵직한 말투였다. 그의 얼굴을 마주하는 순간 나는 소름이 확 끼쳤다. 어디선가 본 듯 낯설지 않은 모습. 누구였더라? 그가 누구와 닮았다고 느꼈다. 그러나 딱히 떠오르는 얼굴은 없었다. 왠지 찝찝한 느낌과 함께 미늘이라는 단어가 문득 생각났다. 그의 아우라에서 검은 물결이 출렁이고 있었다. 그리고 그 검은 물결에 한동안 내가 이리저리 출렁일 것 같다는 불안한 예감이 들었다.

그날 이후, 아래층에 사는 남자는 층간소음 때문에 도저히 못 견디겠다며 관리사무소에 민원을 넣기 시작했다. 그가 민원 제기한 이후 난 인터폰 소리만 들려도 가슴이 벌렁거렸다. 뭐라고 해야 할까. 내가 피해자가 되어 신고했을 때와 반대로 가해자가 되어 신고당한 느낌은 정말 달랐다. 아래층 남자도 이런 느낌이었을까? 나는 아래층에 소음 피해가 생길 줄 알면서 모른 척하는 그런 파렴치한이 되어버린 것이다. 그러나 두 번 세 번 민원이 반복되자 '어디 할 테면 해봐.' 하는 식의 오기도 생겼다. 아래층 남자는 내가 제기한 층간 흡연에 대해 앙심을 품고 있는 듯 보였다.

"이웃 간에 서로 대화를 좀 해 보시는 게 좋을 것 같아요."

관리소장이 나에게 한 말이었다. 그 뜻은 자꾸 민원이 들어오니 제발 해결 좀 하라는 말 같았다. 그와 어떤 대화가 필요할까? 해결책이 있기는 한가? 한숨이 절로 나왔다.

빗방울이 발코니 창을 톡톡톡 두드렸다. 거실 창 너머 저 멀리 보이는 산들이 짙은 청색 수묵화를 그리며 하늘과 맞닿아 있었다. 희뿌옇게 낀 안개와 빗방울. 아름답지 않나요? 어우러지는 게 아름다운 거예요. 빗방울이 그렇게 소근거리고 있었다. 창을 열었다. 먹구름은 쉽게 햇빛을 허락하지 않을 것 같았다. 갑자기 부침개가 먹고 싶었다. 발코니로 걸어가 고개를 내밀어 아래층에 불이 켜졌나를 살펴보았다. 다행히 불은 켜져 있었다. 어제 마트에서 사 온 실파와 새우, 홍합을 준비하고는 부침개를 구워 접시에 담았다. 실파와 새우, 홍합들이 모양을 만들어 내고 있었고, 그 위에 화룡점정인 달걀부침이 이 모든 재료를 연결해 주고 있었다. 냉장고에 있던 막걸리를 꺼내 부침개와 함께 쟁반에 담고는 아래층으로 내려갔다. 아래층 남자는 분명 내가 내미는 쟁반을 겸연쩍은 표정으로 받아 들고는 어쩔 줄 몰라 할 것이다. 그러면 나는 "저희 땜에 많이 불편하셨죠."라고 말하며 화해의 말을 건네면 된다. 기분 좋은 콧노래가 절로 났다.

초인종을 눌렀다. 한참 후 현관문이 열리며 우락부락한 그의 모습이 보였다.

"무슨 일입니까?"

나를 제압하듯 굵고 단호한 목소리였다. 나는 움찔하며 한 걸음 물러났다.

"저기…."

머뭇거리며 쟁반을 그의 앞으로 내밀었다. 그러나 그는 쟁반을 들고 있는 나의 아래위를 한심한 듯 찬찬히 훑어

보더니 아무 말 없이 문을 꽝 닫았다. 별난 짓 하고 있다는 표정이었다. 그때 나는 보았다. 현관문을 닫으려고 돌아서는 남자의 팔뚝에 선명하게 새겨진 고래. 그 고래는 귀신고래였다. 성격이 포악하여 공격성이 강한 그런 희귀종. 무안하다고 해야 할까? 모멸감을 느꼈다고 해야 할까? 어차피 해결되지 않을 일, 괜한 짓을 했구나. 싶었다.

층간소음은 도저히 해결될 기미가 보이지 않았다. 어떻게든 나 혼자 해결하고 싶었다. 하지만 화해하려 하면 할수록 아래층 남자는 더욱 나를 옥죄어 왔다. 어쩔 수 없이 나는 남편에게 도움을 청했다.

"당신이 나서 보는 게 어떨까?"

"내가 그런 거까지 신경 써야 해? 당신은 집에서 하는 게 뭐야?"

남편이 남으로 느껴지는 무심한 말이었다. 혹시나 이 일을 해결해 주지 않을까, 하는 실낱같은 기대를 그는 한마디 말로 산산조각 내 버렸다. 남편은 내가 전업주부인게 늘 못마땅한 모양이었다. 혼자서 가정 경제를 책임진다는 게 억울했던지, 애들이 어느 정도 크자 "집에만 있을 거야? 당신도 이제 뭐라도 해야지."라고 짜증 섞인 어투로 내뱉곤 했다. 나라고 뭐라도 하고 싶지 않았을까. 신문에서 보던 경력 단절 여성이 바로 나였다. 마흔다섯 살의 인생의 중반기로 접어드는 지금, 누구보다 세상으로 나아가고 싶은 건 나였다. 하지만 세상은 내가 비집고 들어가기엔 진입장벽이 너무 컸다.

남편의 말에 순간 욱하고 화가 치밀어 올라왔다. 그리고 온몸이 부들부들 떨려왔다.

"내가 누구 때문에 이렇게 되었는데? 애는 나 혼자 낳았어?"

남편을 쩨려보며 소리쳤다. 남편이 순간 움찔했다. 저런 인간과 이제까지 살을 맞대고 살았다니. 그동안 아래층 남자에게 당했던 서러움이 한꺼번에 밀려오며 눈물이 찔끔 났다.

"내가 나서면 일이 너무 커지잖아."

사태의 심각성을 깨달았는지 남편은 얼른 꼬리를 내렸다. 어물쩍 넘어가는 남편의 저 말투. 밉다. 그러나 맞는 말이기는 했다. 층간소음으로 살인도 나는 세상 아니던가.

아래층과 우리 집의 층간소음 민원이 도저히 해결 기미가 보이지 않았다. 그러자 관리소장은 별수 없이 층간소음위원회를 열겠다고 했다. 나는 층간소음위원회가 뭐냐고 물었다. 그는 이웃 간에 원만한 해결을 위해 서로의 입장을 경청하고 고민해 보는 자리라고 했다. 그리고 그는 내게 일주일 후 오전 10시까지 주민센터로 오라고 했다.

'아! 진짜. 어떻게 더 조심하란 말인가.'

나는 정말 억울했다. 초등학교 6학년인 큰아들과 이제 2학년인 딸 모두 뒤꿈치를 들고 생활한다. 애들이 말귀를 못 알아들을 만큼 어린 나이도 아니고 아래층에 피해를 주지 않기 위해 우리 식구는 정말 최선을 다했다. 더 어떻게 하란 말인가. 가끔 남편이 술을 먹고 큰소리로 술주정하거나 뒤꿈치를 들지 않고 쿵쿵거릴 때가 있긴 하다. 그 정도의 소음까지 난리를 치면 어쩌란 말인가. 소음으로 피해를 보는 아래층도 딱하지만, 나 역시 답답한 건 마찬가지다. 의자를 끌거나 9시 이후에 세탁기를 돌린 적도 없었고, 쿵쾅거리며 뛰어다닌 적도 없었다. 온 식구가 모이는 건 주말 저녁 식사 시간뿐이었다. 그때 잠시 온 가족이 웃으며 떠들 뿐, 평소 애들은 학교를 마치면 피아노 학원이며, 영어학원을 뱅뱅 돌았다. 남편은 회사 일로 지쳐서 퇴근하고 집에 오자마자 피곤에 절어 씻지도 않고 잠들기 일쑤였다.

가끔, 그가 우리 집 소음으로 이렇게 소란을 피우는 게 맞나? 싶을 때가 있다. 얼마 전 3층에서 집수리를 했었다. 그때 보름 동안 3층에서 꽤 먼 우리 집까지 진동이 느껴져 불편하긴 했었다. 뭐, 낡고 오래된 아파트라 달리 방법이 없지 않은가.

그날 저녁이었다. 마트에서 장을 보다 한 여자와 눈이 마주쳤다. 정말 우연이었다. 처음 우리는 서로를 알아보지 못하고 지나쳤다. 몇 걸음을 지나치다 자석에 이끌린 듯 그녀도 또 나도 서로를 향해 고개를 돌렸다. 나는 눈을 크게 뜨며 그녀에게 "옥… 이, 옥이"라고 소리쳤고, 그녀는 나를 가리키며 "연아 언니 맞죠?" 했다. 우리는 한동안 반가움에 주변 사람들을 신경 쓰지 않고 얼싸안았다. 그날 그녀와 연락처를 교환하고 난 뒤 내가 그녀의 집을 방문하기로 하고는 헤어졌다.

옥이는 어릴 적 내가 살던 집과 두어 집 건너에 살던 고향 동생이었다. 위로 나보다 한 살 많은 오빠 부덕이와 아버지, 엄마 그리고 두어 명의 이모와 함께 살고 있었다. 그녀의 아버지는 동네에서 다방을 운영하고 있었다. 이모들은 다방에서 커피를 배달해 주거나 손님들을 접대했고, 읍내에서 좀처럼 볼 수 없는 짙은 화장과 화려한 옷차림에 파마머리를 하고 있었다. 동네 사람들은 그녀들을 '다방 내지'라고 불렀다. 나는 다방 내지가 뭔지 몰랐지만 듣기 좋지 않은 말이란 것쯤 알 수 있었다. 그리고 이모들은 6개월이나 1년마다 수시로 바뀠다.

옥이가 사는 빌라는 내가 사는 아파트 인근에 있었다.

낡고 오래된 엘리베이터가 없는 5층짜리 빌라였다. 빌라 입구에 들어서자마자 망가진 우편함이 눈에 띄었고, 계단 밑 후미진 구석에는 먼지와 함께 녹이 핀 자전거 한 대가 바람이 빠진 채 방치되어 있었다. 조금 을씨년스러웠다. 계단을 오르자 오래된 가드레일이 군데군데 상부가 떨어져 나갔거나 색이 바래있었고, 미끄러지지 않기 위해 만들어진 방지턱은 군데군데 망가져 제 기능을 못 하고 있었다. 빌라를 관리하는 사람은 아예 없는 모양이었다.

옥이의 말로는 전에 빌라를 관리하던 반장이 관리비를 개인적으로 사용했던 적이 여러 번 있었다고 했다. 그 일로 주민들 간에 심하게 다투고 난 후 이제는 관리비를 내는 사람도 없고, 관리를 도맡으려는 사람도 없다고 했다. 빌라는 층마다 2가구가 나란히 배치되어 있었고, 그중 왼쪽에 자리한 201호가 그녀의 집이었다. 그녀는 아직 미혼인 상태로 오빠 부덕과 둘이 살고 있다고 했다. 그날 부덕은 집에 없었다.

"언니, 마셔봐. 진달래 엑기스야. 지난번 아버지 산소에 갔다가 어릴 적 생각이 나서…."

옥이가 유리컵에 담긴 진분홍색 음료를 내밀었다. 음료는 붉다고 표현하기에는 너무 맑았고, 맑다고만 표현하기에는 어딘가 부족한 그런 느낌이었다. 음료를 한 모금 마셨다. 뭐랄까. 새콤달콤한 맛 속에 바람이 불면 가늘게 떨리던 그런 여린 꽃잎의 맛이라고나 할까. 다시 내가 어린 시절로 돌아간 듯 아련한 추억의 맛이었다.

옥이가 진달래꽃을 한 아름 꺾어 안고는 나를 불렀던가. 오빠인 부덕을 불렀던가. 뒤돌아보니 옥이가 환하게 웃고 있었다. 내가 열 살이었으니까 옥이는 여덟 살쯤이었고, 부덕은 열한 살 때였다. 그리고 매미 우는 소리가 귀청이 따가웠던 여름 방학 때로 기억한다. 아침부터 불볕더위가 맹위를 떨쳤다. 한낮이 되지 않아 우리는 숨을 헐떡였고, 아이스박스의 하드로는 갈증이 해결되지 않았다. 그때 부덕이 나를 불렀고 옆에는 옥이가 같이 있었다. 그날, 옥이는 꽃분홍 바탕색에 까만 점박이 무늬 원피스를 입고 있었다. 그에 반해 부덕은 무얼 입었는지 기억이 잘 나지 않는다. 검은색 반바지에 짙은 회색 셔츠를 입었던가. 아무튼 밝은색은 아니었던 것 같다. 그날도 우리는 청수모랑지에 미역을 감으러 갔었다. 바위에 올라가 누가 멀리 뛰는지, 물가에서 누가 빨리 헤엄치는지 내기도 했다. 한참을 덤벙거리며 놀고 나니 그것도 시시해졌다.

"누가 물속에 오래 견디는지 내기할래?"

부덕이 말했고, 나와 옥이는 고개를 끄떡였다. 나는 강의 가장자리에서 두 다리를 바닥에 고정한 채 앉은 자세를 취했다. 그리고 "시작" 소리와 함께 숨을 한번 크게 들이쉬고 손으로 코를 막고 물 속에 들어갔다. 어른거리는 물 속에서 눈을 떠 하늘을 올려다보았다. 옥이의 긴 머리카락이 수면에 넓게 퍼져 있어 마치 검은 먹구름이 사방을 덮은 것 같았다. 나는 속으로 숫자를 하나하나 세었다. 하나, 둘, 셋⋯. 열을 세기 전에 옥이가 가쁜 숨을 모아 쉬며 일어섰다. 아마 어려서 숨을 오래 참지 못하는 것 같았다. 반면 부덕은 물속에서 가부좌를 틀고 앉아있었다. 부덕의 몸이 점점 나와 멀어지고 있다고 느꼈다. 그리고 눈이 따가웠다. 나는 숨을 더 참을 수 없었다. 코를 막고 있던 손을 놓고는 물속에서 나왔다. 나도 옥이처럼 가쁜 숨을 몰아쉬며 한참을 헐떡였다.

"오빠. 오빠가 이겼어. 이제 나와."

옥이가 손뼉을 치며 부덕을 불렀다. 그러나 부덕은 물속에서 나올 생각은 하지 않고 자꾸 발헤엄을 치고 있었다. "부덕아, 이제 나와. 내가 졌어." 내가 다시 부덕을 불렀다. 순간 뭔가 잘못되었다고 느꼈다. 그가 물속에서 고개를 내미는가 싶더니 갑자기 버둥거렸다. 부덕이 버둥거리면 버둥거릴수록 점점 더 청수모랑지 한 가운데로 점점 빨려 들어가고 있었기 때문이었다.

"사람 살려요! 사람 살려요!"

나는 있는 힘껏 소리쳤다. 그날, 청수모랑지 상류에서 고기를 잡던 아저씨 두 명이 달려온 것까지 기억이 난다. 내 옆에서 겁에 질려 울부짖던 옥이의 울음소리도.

TV는 켜져 있었다. 깔끔하고 정갈한 정장을 입은 아나운서가 음계 솔 톤의 목소리로 뉴스를 진행하고 있었다. 최근 우크라이나 사태가 길어지고 있다는 사실과 미국의 '물가 쇼크'에 기준 금리를 1%P 인상한다고 보도를 하고 있었다.

"TV 꺼도 되지?"

과일을 깎고 있던 그녀가 나의 물음에 "응" 하고 대답했다. 나는 리모컨을 찾기 위해 거실 쪽으로 발걸음을 옮겼다. 그런데 거실 가장자리 벽과 천정에 물이 흐른 자국과 검은 곰팡이가 군데군데 보였다. 그곳 바깥쪽 발코니에는 우수관이 연결되어 있었다. 아마 위층 세대의 우수관 쪽에 방수층이 깨어져 생긴 문제로 보였다. 나는 내친 김에 거실 창을 열어 발코니로 나갔다. 그쪽의 상태도 확인하고 싶었다. 발코니 창과 연결된 사춤 부분이 군데군데 떨어져 나간 자국이 보였고, 그곳엔 곰팡이가 까맣게 끼여 몹시 지저분해 보였다. 그리고 발코니 천정엔 어릴 적 머리에 나던 헌데처럼 페인트가 군데군데 부풀어 있거나 떨어져 있었다.

"옥아, 위층에 이야기해서 누수 공사하라고 해. 그러고 너희 집도 고쳐 달라고 하고."

내 말에 옥이는 쓴웃음을 지었다.

"내가 말 안 해 본 줄 알아. 윗집 사람. 형편이 너무 어려워. 아주머니가 벌어서 온 가족이 먹고살아. 제발 조용히나 살았으면 좋겠어."

층간소음 때문에 괴롭다는 옥이의 말에 나는 움찔했다.

"많이 힘들어."

"그 집 아저씨가 술 먹고 싸움하는 날은 말도 마. 물건 깨부수는 소리가 장난 아냐. 무슨 일이 생길 것 같아 막 무섭다니까."

"어떻게 참고 살아."

"그냥. 내가 포기하고 살아. 다른데 이사 갈 돈도 없고."

그녀가 씁쓸하게 웃었다.

"가끔 엄마가 많이 보고 싶어."

갑자기 그녀가 툭 내뱉었다. '엄마'라는 말에 나는 화들짝 놀라 "으응" 하고 엉겁결에 대답했다. 그녀에게 듣는 '엄마'란 단어가 생소했다. 그녀가 어느 엄마를 이야기하는지 몰랐기 때문이다. 내가 알고 있는 그녀의 엄마는 모두 세 명이었다. 낳아 준 엄마, 다방을 운영하던 젊은 엄마, 그리고 그녀를 따뜻하게 안아주었던 월남치마를 입고 있었던 엄마….

그녀는 당황한 나의 표정에 피식 웃으며 "내가 생각하는 엄마 말이야."라고 했다.

그날. 부덕이 물에 빠졌던 날, 나는 옥이와 부덕을 따라 그네의 집에 갔다. 옥이의 집은 도로와 접해져 있는 다방이었고, 다방을 지나면 이모들이 생활하는 방이 두 개 있었다. 이모들이 화장실을 오고 갈 때 사용하는 샛문과 그 옆으로 물을 한 바가지 넣고 빠르게 펌프질을 하면 물이 올라오는 수동펌프가 있었다. 그리고 뒤쪽에는 그녀와 오빠인 부덕이 생활하는 공간이 있었다. 내가 그들을 보러 가거나, 그들이 학교를 오고 갈 때는 언제나 뒷문을 이용했다. 그녀의 집은 동네에선 유일하게 냉장고와 텔레비전이 있었다. 가끔, 내가 그녀의 집에 놀러 가면 월남치마 엄마는 냉장고에서 꺼낸 얼음과 설탕을 탄 미숫가루를 스테인리스 그릇에 담아 내왔다.

그날도 여느 때처럼 우리가 막 뒷문을 열고 들어갔을 때였다. 앞서가던 부덕이 멈춰 섰고, 뒤따르던 옥이도 멈춰 섰다. 맨 뒤에 가던 내가 부엌문을 열고 들어갔을 때였다. 이모들이 사용하는 방에서 이상한 소리가 들렸다. 숨이 가쁜…. 남자 소리와 여자의 소리가 뒤섞인 이상한 소

리. 남자의 목소리는 분명 옥이 아버지의 소리였고, 여자
는 옥이 엄마의 소리가 아니었다. 부엌 한 모퉁이에서 월
남치마 엄마가 얼굴을 무릎에 파묻은 채 쪼그리고 앉아
울고 있었다. 누가 뭐라고 하지 않았지만, 나는 도망치듯
뒤돌아 나왔다. 왠지 그렇게 해야 할 것 같았다. 부덕이
이상하다고 생각된 건 그날 이후였다. 부덕의 귀에 문제
가 생겼다. 내가 무슨 말을 해도 부덕은 잘 알아듣지 못
하고 두 번, 세 번 자꾸 되묻곤 했다.

"난 낳아 준 엄마에 대한 기억이 없어. 엄마는 아주 어
릴 적 집을 나갔으니까."

그녀가 나지막이 중얼거렸다. 동네 사람들 말로는 그녀
가 세 살쯤, 어머니가 집을 나갔다고 했다. 그녀의 아버지
는 부리부리한 각진 얼굴에 검붉은 피부, 커다란 덩치 하
며, 여느 어른들보다 키도 한 뼘이나 컸고, 떡 벌어진 어
깨에다 상대에게 "예"라는 대답 외에는 허용하지 않는 그
런 독재자의 모습이었다.

그녀의 아버지가 두 번째 엄마를 맞아들였을 때였다.
두 번째 엄마는 다방마담이었다. 그녀는 아이를 낳아 본
적도 없었고, 어떻게 아이들을 대해야 하는지 모르는 사
람이었다. 또 청소는 물론 밥과 반찬도, 설거지, 심지어
빨래까지 오빠인 부덕이 차지였다. 그녀가 엄마로 있었던

일 년 동안 옥이는 엄마가 해 준 밥을 먹어 본 기억이 없다고 했다.

"내가 엄마라고 느낀 사람은 그 사람이지. 세 번째 엄마."

"아! 월남치마 엄마."

옥이가 무슨 말을 하느냐는 듯 나를 빤히 쳐다보았다. 그러다가 이내 알아차린 듯 조용히 미소를 지었다. 그녀가 기억하는 엄마는 학교에 갔다 오면 늘 따뜻하게 안아 주었던 사람이었다. 그래서 그녀는 지금도 엄마의 젖가슴에서 나던 냄새를 기억한다고 했다. 땀 냄새와 함께 났던 달콤한 살냄새. 옥이는 그 냄새가 여름이면 얼음을 넣어 만든 미숫가루 안에 녹여진 설탕 냄새 같다고 했다.

"근데, 세 번째 엄마에 대해 아는 게 별로 없어."

세 번째 엄마와 헤어진 이유는 아버지 때문이었다. 아버지의 폭력은 습관처럼 이어졌다. 그나마 다행인 건 그 폭력이 자식들에게까지 이어지지 않았다는 거였다.

"부덕인 어디 갔어?"

과일을 깎던 그녀의 손이 조금 떨렸다. 그러나 이내 아무 일도 없었다는 듯 다시 과일을 깎았다.

"부덕이 오빠가 잘 못 된 건 아버지 탓이야."

과일을 내게 건네며, 그녀가 자꾸 나의 눈을 피했다.

"오빠도, 나도 언니를 많이 좋아했어."

허공을 멍하니 바라보며 그녀가 추억에 잠긴 듯 말했다. "어! 그래." 나는 살짝 멋쩍은 표정으로 낮게 중얼거렸다.

그날 내가 돌아간 다음 부덕은 양동이를 가지고 수동 펌프가 있는 곳으로 갔다. 그리고 미친 듯이 펌프질을 해댔다. 양동이에 물은 금방 가득 찼고, 그는 그것을 들고 소리가 나는 곳의 방문을 열어젖혔다. 그러고는 뒤엉켜 있는 그들을 향해 양동이에 담긴 물을 확 끼얹었다. 순식간에 방안은 물바다가 되고 말았다. 놀란 다방 이모는 사색이 되어 주변에 있던 옷으로 얼른 중요 부위를 가렸고, 그녀의 아버지는 알몸인 채 일어나 부덕에게 다가가 뺨을 냅다 후려쳤다. 커다란 손이 부덕의 뺨을 넘어 귀까지 덮었다. 부덕은 저만큼 나가떨어졌다. 쓰러져 있는 부덕의 귀에 피가 흘렀다. 옥이가 울부짖었고, 월남치마 엄마가 달려왔다. 엄마가 아버지의 다리를 깨물었다. 한동안 무자비한 아버지의 폭력이 이어졌다. 그리고 엄마가 쓰러진 것까진 기억이 난다고 했다. 그다음은 어떻게 되었는지 기억 나는 게 없다고 했다. 단지 기억나는 건 부덕이 병원에 가지 못했다는 거였다. 병원이 멀기도 했지만, 약국에서 치료하면 별일 없을 거라 여긴 모양이었다. 그러나 부덕은 그 뒤에 점점 소리를 잘 듣지 못했다. 반에서 1등을 놓치지 않았던 부덕은 그 후로 초등학교를 졸업하고 난 뒤 다시는 학교의 문턱을 넘지 못했다.

"5년 전에 아버지가 돌아가셨어."

그녀가 커피를 목젖으로 넘기며 나를 보고 피식 웃었다. 예전처럼 환한 미소는 그대로였지만, 그 미소는 세상을 다 알아버린 듯 바래져 있었다.

층간소음위원회가 열리는 날, 나는 시간에 맞추어 주민센터로 갔다. 주민센터는 101동 지하에 자리하고 있었다. 지하라서 그런지 약간 퀴퀴한 냄새가 났다. 문을 열고 들어서니 긴 탁자가 ㄷ 자 형태로 놓여 있었다. 탁자 양쪽에는 사람들이 평행선을 그리며 앉아있었고, 한가운데엔 오늘 위원회를 주관하는 위원장인 듯 보이는 사람이 앉아 있었다. 층간소음위원회 회원은 아파트 회장, 부녀회장, 노인회장, 아파트 선거관리위원장 그리고 관리소장이었다. 내가 들어가자 관리소장이 일어나 자리를 안내해 주었다. 나는 그중 1303호라고 적힌 자리에 앉았다. 1203호는 아직 오지 않았는지 비어 있었다. 시곗바늘이 10시를 넘어가고 있었다. 위원장이 조금만 더 기다리자고 했고, 관리소장은 어디론가 전화를 걸었다. 시계는 10시 10분을 막 넘기고 있었다. 그때 막 남자가 숨을 헐떡이며 들어왔다. 그리고 그는 관리소장이 안내해 주는 자리에 대뜸 앉았다. 그는 늦어서 미안하다는 말 따위는 하지 않았다. 단지, 귀찮다는 듯 이마에 주름을 모으고 미간을 좁히고 있었다.

층간소음위원회가 시작되었다. 그들은 내가 떠올리기도 싫은 1203호와 있었던 일을 심문하듯 차근차근 물어왔다. 그들이 묻는 말에 따라 그동안의 일을 하나하나 답을 해 나갔다. 한참을 대답하다 보니, 내가 마치 낚싯바늘에 꿰어 있었던 미끼를 먹으려다 미늘에 아가리가 걸린 물고기 같았다. 그래서 버둥거려 보지만, 도저히 벗어날 수 없는 물고기 신세 같다는 생각이 들었다. 아니다. 나는 어쩌면 물고기가 아니라 물고기가 입에 문 미끼일지도 몰랐다. 물고기가 물고 삼키면 사라지고 마는 그런 미끼. 고개를 돌려 아래층 남자를 보았다. 그는 아무 표정이 없어 보였다. 아. 어쩌란 말인가? 내가 만만해 보였나? 더 어떻게 조심한단 말인가? 모두가 나를 놀리며 비난하는 것 같았다.

옥이의 빌라를 떠올렸다. 헌데처럼 덕지덕지 붙어 있는 발코니 천정의 벗겨진 페인트와 창틀 마감 부분의 깨어진 사춤을 타고 흘렀던 누수의 흔적과 곰팡이, 그리고 발코니에 있는 우수관 옆의 거실엔 방수층이 깨어져 비만 오면 누수가 되어 시커멓게 되어버린 벽지, 그리고 화장실에서 볼일만 보아도 들리는 은밀한 여러 소리. 그런데도 그녀는 모든 걸 내려놓은 듯 살고 있었다.

'아래층 남자와 내가 유별난 건가?'

갑자기 숨이 막혀왔다. 이렇게 이런 자리에 앉아있다는 자체만으로도 수치심과 모멸감을 느끼게 했다. 나는 결국 층간소음위원회가 열리는 와중에 눈물을 찔끔하고 말았다. 내가 울고 있는 걸 보고 그들도 당황스러워했다. 한동안 침묵이 흘렀다. 그들 중 누군가가 "힘들죠?"라고 말했고, 나는 그 말에 용기를 내 고개를 들었다. 눈에는 아직도 눈물이 그렁그렁한 채였다. 위원들의 표정이 조금 누그러졌다. 그러고는 분쟁조정위원장이라는 직함의 팻말이 놓인 자리에 앉은 남자가 1203호를 바라보며 이렇게 말했다.

"오래된 건물이니 생활 소음은 어쩔 수 없지 않나요? 우리 집 위층에 제 손자가 살아요. 그놈들이 한번 뜀박질하면 속에서 욱한다니깐요. 제 손자니까 참고 살지. 어쩌겠어요."

그의 말이 끝나자마자, 사람들의 시선이 일제히 1203호 남자에게 쏠렸다. 남자는 사람들의 시선이 자신에게 쏠리자 당황해하며 한발 물러섰다. 그러더니 인심을 쓰듯 툭 내뱉었다.

"바닥에 충격 방지 패드를 깔면 소음 문제는 없던 걸로 할게요."

이런. 우라질 놈. 이제까지 충격 방지 패드 하나 깔자고 이렇게까지 나를 몰아세웠단 말인가? 어이가 없었다. 이렇게 쉽게 끝나다니. 그동안 가슴 졸였던 날들이 억울했다. 이참에 나도 층간 흡연 문제를 어떻게든 짚고 넘어가고 싶었다.

"담배는요? 아이가 천식을 앓고 있거든요."

아이가 아프다는 말에 아래층 남자는 무척 놀란 표정을 지었다.

"다… 담배… 담배는 얼마 전에 끊었습니다."

그가 기어들어가는 목소리로 말을 더듬거렸다.

그날 이후, 아래층 남자와 나는 어쩌다 엘리베이터에서 마주쳐도 서로 모른 척했다. 우리 집은 예전과 달라진 건 없었다. 그저 아파트에서 나눠 준 소음 방지 패드만 깔았을 뿐이었다. 아참! 달라진 게 있긴 했다. 아래층 남자가 더는 층간소음으로 내게 시비를 걸지 않는다는 것과 담배 연기가 올라오지 않는다는 점이었다.

다시 일상의 평화가 찾아왔다. 그날은 고향 친구들과 모임이 있어 약속 장소인 커피숍에 가던 길이었다. 커피숍에 거의 다다랐을 때였다. 어디서 귀에 익은 목소리가 들려왔다. 소리는 커피숍 옆 건물 모퉁이에서 났다. 중년의 남자와 아내인 듯한 여자가 대화를 나누고 있었다. 나는 발걸음을 멈추고 그들의 대화에 귀를 기울였다. 1203호에 사는 남자였다.

"이젠 나도 변했어. 함께 살아. 가족은 함께 살아야 하는 거잖아."

그는 간절한 듯, 여자에게 애원했다.

"당신을 어떻게 믿어. 당신은 당신이 원하는 대로 살아야 하는 사람이잖아."

여자의 목소리가 냉랭했다.

"위층에 새로 이사 온 가족은 단란하게 잘만 살더라. 진짜 내가 잘할게."

그 말을 끝으로 침묵이 한참 이어졌다. 그러다가 여자가 "생각해 볼게. 애들이랑 의논도 해 보고."라고 한발 물러섰다.

"얘, 올라오지 않고 뭐해?"

친구가 나의 팔을 잡아당겼다.

그래, 상처는 곪아서 터져야 새살이 올라오지.

섬 안의 섬

오늘도 나는 그녀를 만난다. 밝은 갈색 톤의 찰랑거리는 머리카락이 어깨에 닿을 듯한 단발머리, 놀란 토끼처럼 동그란 눈에 깊이를 알 수 없는 까만 눈동자, 그 위에 짙게 드리워진 짙은 쌍꺼풀, 그리고 뽀얗게 피어나는 뺨 위에 수줍은 듯 엷게 핀 홍조. 여기까지만 떠올려도 나는 숨이 멎을 것 같다. 하지만 한가지가 더 있다. 그 무엇보다도 내가 제일 좋아하는 건 토라진 듯 도톰하게 튀어나온 그녀의 아랫입술이었다. 오후 내내 그녀를 떠올리며 나도 모르게 콧노래를 흥얼거렸다. 오늘 하루 기분은 어때했을까? 어떤 옷을 입었을까? 그녀가 즐겨 입는 헐렁한 배기진 차림? 아니면 가끔 입는 평범한 청바지와 흰색 티셔츠? 그도 저도 아니면 휴일이라 무릎이 나온 체육복 차림에 삼색 슬리퍼를 신고 동네 마트를 어슬렁거리고 있을지도 모른다. 나로선 그녀가 어떤 모습이든 상관없다. 그저 그녀면 되는 것이다. 그녀는 그날의 기분에 따라서 옷을 입는 스타일이 달라지는 듯했다.

그녀와는 일주일에 두 번 정도 만난다. 딱히 약속을 정해서 만나는 것은 아니었다. 그저 내가 근무하는 날을 기준으로 그녀의 행동반경에 시간을 맞추어야 한다. 그녀는 나를 기다려준 적도 없고, 내가 어떤 옷을 자주 입는지, 어떤 음식을 좋아하는지, 나의 표정이 밝은지, 어두운지 그런 것에는 관심조차 없다. 그녀의 나이는 35살쯤. 사실, 그것조차 정확하지는 않다. 그냥 그쯤 되었으리라 짐작만 할 뿐이다. 사람을 좋아하는데 나이가 무슨 상관인가.

가끔, 그녀가 술에 취해 게슴츠레한 눈을 뜨고 유혹하듯 나를 바라볼 때면, 나는 가슴이 두근거려 한동안 정신을 차릴 수가 없다. 더 무슨 말이 필요한가? 결론을 말하자면 나는 그녀라서 좋은 것이다. 그러니까 40살의 내 인생은 온통 그녀뿐이다. 나는 건강한 청년임에도 불구하고 아직 결혼을 하지 않았으므로 그녀와의 미래를 한 번쯤 꿈꾸어도 좋은 나이니까. 요즘, 불혹의 나이에 결혼을 못 한 사실이 뭐 그리 흉이 될까 싶지만, 실상은 짝이 없는 슬픔을 공감하는 이는 많지 않다.

-김 주임. 결혼은 하고 싶을 때 하는 거야. 요즘 누가 결혼에 대해 고민하니. 결혼해 봐, 당장 애들 양육비며 교육비, 집 장만으로 인생 다 종 쳐. 혼자 살아. 그게 제

일이야.

'에고, 저 꼰대. 말이나 못 하면.'

저런, 개풀 뜯어 먹는 소리를 할 수 있는 건 박 과장뿐이었다.

아랫사람에 대한 배려 따윈 눈 씻고 찾아봐도 없는 인간. 저 인간은 며느리와 사위를 보고 손주까지 봤으니 저런 말을 아무렇지 않게 하는 것이다. 미간을 찌푸리며 박 과장을 째려본 뒤 자리에 앉았다. 엑셀 파일을 잘 모르는 그가 정년을 훨씬 넘긴 나이임에도 불구하고 일할 수 있었던 이유는, 바로 전기 기사 자격증 덕분이었다. 그는 오랫동안 현장에 있었던 경험 덕분인지 현장 일에는 능숙한 사람이었지만, 과장 직책이 아까울 정도로 관리자란 직책에는 어울리지 않은 사람이었다.

결혼은 하고도 후회, 안하고도 후회라는데. 그래도 해보기는 해야 할 것 아닌가? 누군 하기 싫어 안 하나? 내가 제일 불쌍해 보이는 날은 그녀를 만나지 못하는 날이었다. 그녀를 만나야 하는 시간에 그녀를 보지 못할 때, 그녀가 일이 생겨 일정을 펑크 낼 때, 그런 날은 온종일 일이 손에 잡히지 않고 무엇에 쫓기는 사람처럼 안절부절못하고 허둥대기 일쑤다. 또 누가 뭐라고 한 것도 없는데 자꾸 억울한 생각이 들고, 가슴 속에서 화가 치밀어 오른다. 그리곤 혹시 그녀에게 무슨 일이 생겼을까 싶어 밤이 늦도록 잠들지 못하고 뒤척이다 새벽녘에야 겨우 잠이 들곤 한다.

오후 6시. 오늘은 내가 당직을 서는 날이기도 하고, 또 그녀를 만나는 날이다. 직원들이 모두 퇴근한 뒤 근처 편의점에서 사 온 김밥과 컵라면으로 간단하게 저녁을 때웠다. 그리고 난 뒤 샤워를 하기위해 헬스장을 들렀다. 샤워 부스에서 온수를 틀자 이내 샤워실은 수증기로 가득 찼다. 따뜻한 수증기가 그녀와 나의 만남을 축복해 주는 것 같다. 샤워를 마친 후 거칠한 턱수염을 정리하고 로션을 발랐다. 하루의 때가 묻은 얼굴로 그녀를 만날 수는 없지 않은가? 나는 의식을 치르기 위해 기다리는 사람처럼 거울 앞에 서서 마지막으로 나의 매무새를 점검했다. 이런! 이마에 이제까지 보이지 않던 새치 하나가 쭉 삐져나와 있었다. 엄지와 검지로 새치를 뽑으려고 힘껏 잡아당겼다. 짧고 뻣뻣한 머리카락이라 그런지 자꾸만 양 손가락 끝에서 미끄러졌다. 겨우 새치를 뽑고 나자 온몸에 땀이 흥건히 뱄다.

-김씨 문중에 용이 났네. 용이 났어. 용 테이. 정말 용 타.

소도시에서 나름 엘리트 코스를 밟았던 형, 그런 형이 변호사가 되어 법무법인에 취직한 날 부모님의 눈엔 눈물이 고였다. 친척 어른들은 모두 입을 모아 형을 칭찬했고, 누구랄 것도 없이 형의 손을 한 번이라도 더 잡아보려 애를 썼다. 그러다가 내가 형의 옆에 있다는 걸 깨닫고 당황해하며 '너, 용빈이 동생이지? 너는….' 그러고는 할말을 찾았다. 그러다가 딱히 할 말을 찾지 못하면 '공부 잘하지?'라고 말을 얼버무렸다. 그 말인즉, '형은 잘났는데 너는 왜 그 모양이니?'라는 말을 삼켰거나 아니면 뭐라도 위로의 말 한마디 정도는 해야 하지만 딱히 할 말을 찾지 못해 허둥대는 모습이었다. 한마디로 형이 어둠을 밝히는 전등 빛이라면 나는 가볍게 내쉬는 한숨도 걱정해야 하는 그런 촛불쯤 되는 거였다.

나는 그저 그런 사람이었다. 그저 그런 대학을, 그저 그런 성적으로 졸업했고, 대기업 입사 시험에 지원했으나 번번이 고배를 마셨다. 눈을 낮추라는 주위의 충고를 받아들여 중소기업에도 지원했지만, 취업 경쟁이 너무 심했던 탓인지 결과는 마찬가지였다.

-공무원 시험 준비나 해 보는 건 어때?

백수 생활이 3년이나 이어지자 결심을 하신 듯 부모님은 말했다. 내 뜻을 물어보는 말투였으나 그 말속에는 거부할 수 없는 단호함이 느껴졌다. 공무원 시험은 생각보다 만만하지 않았다. 정년이 보장된 안정된 일자리를 원하는 사람이 그리 많은지 몰랐었다. 공무원이 되는 길은 시험이라는 그래도 제법 공정한 틀을 가진, 그저 그런 사람들이 할 수 있는 최선의 선택이라는 것도 알게 되었다. 그런 공무원 시험에도 나는 두 번이나 고배를 마셨다.

－너 정말, 정신 안 차릴래? 제발, 형 반만이라도 닮아 봐.

행여라도 나의 마음이 상할까 봐 형과 비교를 자제하던 부모님이었다. 공무원 시험에 두 번이나 떨어지자 부모님은 나에 대한 질타를 더는 속으로만 삭이진 않았다. 나의 게으름을 혼냈고, 나의 독하지 못한 정신 상태를 나무랐다. 나는…. 그냥 짜증만 났다. 의지력이 없는 나 자신에게 짜증이 났는지, 부모님이 나무라서인지 그런 건 생각하고 싶지 않았다.

그해, 마지막 12월 달력을 넘기다 문득 달력이 바뀌면 내 나이가 서른 살이 된다는 것을 알았다. 나의 든든한 응원군이셨던 아버지가 담낭암 4기 판정을 받은 것도 그 무렵이었다. 아버지는 담낭암 판정을 받은 후 두어 달을 넘기지 못하고 돌아가시고 말았다.

아버지의 죽음은 실로 충격적인 일이었다. 나에게 있어

부모님은 영원히 살아계시는 존재였다. 그래서 아파도, 힘들어도 늘 그 자리에 서 있는 나무처럼 기댈 수 있게 뿌리를 내리고 계실 줄 알았다. 하지만 아니었다. 튼튼한 나무도 벌레가 갉아먹어 속이 썩을 수 있다는 사실 말이다. 죽음은 내게 늘 아득히 먼 존재였다. 그래서 당연히 내가 존재하는 한 부모님도 영원히 존재한다고 믿었다. 하지만, 죽음이라는 존재가 그리 멀리 있지 않다는 사실과 부모님도 영원히 살아 있는 존재가 아니란 걸 받아들여야 했을 때 나의 일상은 온통 혼란에 빠지고 말았다.

처음으로 나의 미래에 대해 진지하게 고민하기 시작했다. 숱한 고민을 해봤지만, 내가 처한 상황에서 주어진 선택권은 별로 없었다. 홀로 계신 엄마에게 미안한 일이지만, 그래도 최선이라고 생각되는 건 공부였다.

현실도피. 답답할 땐 그래도 나와 비슷한 사람들이 모여 있는 곳이 편했다. 동네 사람들과 마주칠까 봐 모자를 푹 눌러쓰고 한 정거장을 더 걸어서 버스를 탔다. 수업이 없던 탓에 학원 근처를 한동안 어슬렁거렸다. 갑자기 배에서 꼬르륵 소리가 났다. 그러고 보니 엄마와 마주치기 미안해 아침도 먹지 않고 도망치듯 나온 터였다. 컵라면으로 대충 때워야겠다고 생각했다. 편의점에 들어서는데 출입문에 '아르바이트 구함'이라는 글자가 눈에 띄었다.

그 편의점에는 나와 비슷한 또래로 보이는 남자가 여느 때처럼 아르바이트를 하고 있었다. 안쪽으로 깊숙이 들어가 고기가 들어 있는 삼각김밥 한 개와 컵라면을 집어 들고 계산대로 가서 카드를 내밀었다. 그러고는 머뭇거리며 그에게 물었다.

—저…. 알바 구하죠? 제가 해도 될까요?

어디서 그런 용기가 났을까. 그는 나의 얼굴을 가만히 응시하며 아래위를 찬찬히 훑어보았다. 그러더니 내게 물었다.

—공부하고 있어요?

나는 고개를 끄떡였다. 이런 일 해봤어요? 라든가 아니면 아르바이트해 본 적 있어요? 라는 다음 질문을 기다렸지만, 그는 아무 말도 묻지 않았다. 그 대신 그는 사장에게 전화를 걸어 아르바이트를 하려는 사람이 지금 가게에서 기다리고 있다고 전했다.

—사장님은 30분 후에 오신대요.

—네. 컵라면을 먹으며 기다릴게요.

나는 처음으로 분명하게 대답했다. 그러고는 온수통 앞으로 가서 컵라면 비닐을 뜯어 눈금 선까지 뜨거운 물을 붓고는 밖이 훤히 보이는 창가에 앉았다. 창밖의 차량과 사람들은 정해진 시간에 공간을 채워야 하는 것처럼 이내 나타났다가 어디론가 빠르게 사라졌다.

컵라면을 국물까지 탈탈 털면서 먹었을 때쯤 아르바이트생이 다가왔다.

-이번에 공무원 시험에 합격했거든요.

그는 아르바이트 일을 그만두는 이유를 그렇게 말했다. 순간 그동안 형체도 없이 흐릿했던 그의 얼굴이 점점 선명해지며 점점 태양처럼 빛나기 시작했다. 왜 그렇게 빛나 보였을까? 갑자기 알 수 없는 서글픔이 몰려왔다. 그가 나보다 한 계단 높이 올라선 건 분명했다.

-엄마! 이제부터 생활비는 내가 벌어 쓸게요. 학원비 딱 1년만 내주세요.

그 말을 하면서 처음으로 얼굴이 화끈했다. 말하자면, 이제까지의 나는 어리지도 않고 인생을 책임져야 할 위치도 아닌 중간 지대에 살고 있다고 생각했다. 그러나 아니었다. 이미 중간 지대에서 안주하기엔 내가 너무 커 버렸고, 그늘이 되어 주고 비바람을 막아주던 그런 우산은 제 기능을 하지 못하고 낡아 있었다. 벼랑 끝에 서 있는 사람에겐 물러설 곳이 없는 것이다. 촛불처럼 가녀린 빛이라도 온기는 있을 테고, 작은 책상 하나쯤은 밝힐 수 있으니까. 그 빛으로 한 발 내디뎌 밝은 세상에 나아갈 수 있다는 생각이 들었다.

현실에서 자각이 일어나자 나의 생활은 조금씩 달라졌다. 9시가 되어서야 시작하던 아침을 6시에 시작했고, 학원 수업 마치고 나서 PC방을 찾아 죽치던 시간도 편의점 아르바이트 일을 하거나 아니면 도서관에서 공부하며 보냈다. 처음으로 나는 하루를 보내는 시간에도 리듬이 있다는 사실을 알았다.

나의 생활은 점점 음악처럼 리듬을 탔다. 음악이 흐르자 향기도 따라왔다. 모든 음악이 물결처럼 잔잔하게만 흐르지 않듯 내 음악도 더디어 격정적인 리듬을 타기 시작했다. 그렇게 편의점 일과 공시생을 병행하던 그때 그녀를 만난 것이다.

그녀의 행동 패턴은 늘 똑같았다. 매일 저녁 6시쯤, 편의점 문을 열고 들어와서는 곧장 김밥 판매대로 가서 제일 가격이 싼 김밥을 골랐다. 그런 다음 컵라면 판매대로 가서 맵지 않은 컵라면을 골라 온수대로 와서 컵라면에 뜨거운 물을 부었다. 그러고는 창가의 의자에 앉아 김밥과 컵라면을 나란히 놓고 창밖을 보며 컵라면이 익을 때까지 기다렸다. 그녀를 처음 보았을 때, 그녀는 청소년기를 갓 벗어난 소년 같았다. 화장기 없는 얼굴은 오랫동안 햇빛을 보지 않아 노랗게 뜬 상태였고, 얼마나 오래 입었는지 무릎이 나올 정도의 헐렁한 붉은색 운동복 차림에 머리는 노란 고무줄로 아무렇게나 질끈 묶은 채였다.

그런 그녀와 내가 어떻게 함께 살게 되었는지 기억나지 않는다. 나로선 부모님의 눈치를 보지 않고 살아 보고 싶다는 욕구 때문일 것이고, 그녀는 아마 생활비를 아끼기 위해서였을 것이다. 아무튼 우리는 함께 살았다. 그녀와 함께 살면서 월세와 식비, 전기료, 수도 요금, 난방비…. 이런 것들을 반반씩 부담했고, 가끔은 젊은 청춘들이 의례 그렇듯 끓어오르는 욕구도 해결했다. 어차피, 그녀나 나, 둘 다 유리 천장 아래에서 튀어 오르지 못하는 메뚜기 신세인 건 마찬가지였다.

–우리 서로 의지하는 거 맞지?

그녀가 물었다. 나는 대답 대신 고개를 끄떡였다.

6시 30분. 그녀가 도착할 시간이다. 자세를 가다듬고 방재실에 있는 CCTV 앞에 섰다. 1대의 모니터에서 비추는 카메라가 12대 내장되어 있고, 그런 모니터가 모두 15대, 그러니까 180대의 카메라가 한쪽 벽면을 차지하고 있었다. 103동 3, 4라인에서 60대로 보이는 아주머니가 엘리베이터에 올라탔다. 그녀는 엘리베이터 안에 설치된 게시물을 보더니 휴대폰으로 사진을 찍었다. 아마, 그녀는 내일이면 관리사무소에 전화해서 게시물 내용에 대해 따질 것이다. 아파트 앞마당을 비추는 SL-13번 카메라에 움직임이 잡혔다. 헬멧을 쓴 배달원이었다. 그는 현관 로비의 출입문 앞에서 타고 온 오토바이를 아무렇게나 세워두고 인터폰을 눌렀다. 문이 열리자 그가 배달통을 들고 빠르게 걸어가더니 엘리베이터를 타는 모습이 CCTV로 보였다. 그가 지나간 자리에 나뭇잎이 이리저리 어지럽게 흔들렸다. 경비실에 전화를 걸어 그에게 경고하도록 연락할까 하다가 그만두었다. 귀찮았다.

'다음에. 다음에.'

그 말을 몇 번이나 입안으로 삼켰다.

그녀가 곧 도착할 시간이다. 나는 초조하게 그녀를 기다렸다. 그녀를 기다리는 시간, 1분은 너무 길었다. 그녀를 기다리는 이 시간만큼은 어린아이가 엄마를 기다리는 마음처럼 거짓 없고 순수한, 오직 기다림 그 자체이고 싶었다. 아직 SLC-15번 모니터는 사람의 흔적이 없었다. 1층 현관 로비에는 카메라가 비스듬한 모양의 현관 출입문만 비추고 있었다. 지하 1층 주차장 쪽을 비추고 있는 SLG-26번 모니터를 향해 고개를 돌렸다. 그녀는 보이지 않았다. 다시 고개를 돌려 지하 2층 그녀가 사는 아파트 출입구 카메라와 연결된 SLG2-40번 카메라를 바라보았다. 움직임이 포착되었다. 그녀다! 나는 그녀의 그림자만 보아도 그녀란 걸 안다. 그녀가 차에서 내려 천천히 나를 향해 걸어왔다. 그녀는 평상시에 즐겨 입던 배기진이 아니라 유니폼처럼 보이는 깔끔한 정장이었다. 검은 타이츠스커트에 흰 와이셔츠 그리고 검은 재킷. 아마, 오늘은 회사에서 중요한 행사가 있었던 모양이었다. 그녀가 엘리베이터 앞에 섰다. 그러고는 하얗고 긴 집게손가락을 내밀어 은색의 차가운 네모난 모양의 스위치를 눌렀다. 나는 은색의 차가운 스위치가 그녀의 집게손가락을 빨아들이면 어쩌지? 하는 쓸데없는 걱정을 하며 혼자 피식 웃었다. 다시 그녀가 올라탄 엘리베이터 안의 SLG2-41번 카메라로 시선을 옮겼다. 엘리베이터 문이 열리자 그녀가 엘리베이터 안에 올라타고는 12층을 눌렀다. 엘리베이터의 문이 닫히고 움직이기 시작하자 그녀가 몸을 돌려 거울을 들여다보았다. 엘리베이터 한쪽 면을 차지한 거울이 그녀의 모습으로 가득 찼다. 시간이 멈춘 듯 그녀는 한동안 거울을 멍하니 바라보고 있었다. 거울 속에 비친 그녀의 얼굴이 웬일인지 지쳐 보였다.

　-힘내. 지금 당신은 가장 빛나는 사람이야.

　그녀에게 달려가 어깨를 감싸며 그 말을 하고 싶었지만 조용히 입속으로 삼켰다.

　엘리베이터가 12층에 도착하고 문이 열리자 그녀는 몸

을 곧추세웠다. 그리고 천천히 한 발 한 발 내디디며 엘리베이터 밖으로 사라졌다. SLG2-41번 CCTV 화면에는 그녀가 머물렀던 엘리베이터 안의 흔적만 공허하게 비추고 있었다. 엘리베이터는 그대로 12층에 멈춰 있었다. 엘리베이터 안에는 그녀가 내 곁을 떠나면서 남겼던 또각또각하는 구둣발 소리와 그녀의 긴 머리카락에서 풍겼던 후로랄 샴푸 냄새, 로즈향의 비누…. 그런 것들이 남아 있을 것이다.

　-밥은 챙겨 먹고 있는 거니? 집에는 오지 않을 거야.
　엄마의 목소리가 이상했다. 뭔가 할 말이 있는 듯 자꾸 머뭇거렸고, 방향을 잃은 사람처럼 허둥대고 있었다.
　-시험 마치고 갈게요.
　왜? 무슨 일 있어요? 라고 물어봤어야 했지만, 엄마니까. 엄마는 원래 그랬으니까. 공무원 시험이 코앞에 다가온 탓이라고, 그래서 내가 예민한 거라고 대수롭지 않게 넘기고 말았다.
　'이럴 때 형이 엄마를 챙기면 얼마나 좋아.'
　엄마의 전부는 형인데, 형은 대체 뭐하나? 하는 불만이 목구멍까지 차올랐다.
　부모님의 전부였던 형은 늘 바빴다. 형의 말로는 아직

그 세계에서 자리를 잡지 못해서라고 했다. 어쩔 수 없이 엄마를 살펴야 하는 사람은 늘 부모님 속을 무던히도 썩였던 나의 몫이 되고 말았다. 엄마는 내가 제 몫을 다하지 못하고 버둥거릴 때마다 속앓이를 했고 못난 자식을 가슴에 품으며 입버릇처럼 중얼거렸다.

-전생에 업보지. 업보야.

-업보가 뭔데. 왜 자꾸 짜증 나게 그런 말을 하는 거예요?

내가 듣기 싫다고 짜증을 내며 엄마의 말을 되받았다.

-부모에게 빚을 받으러 온 자식과 빚을 갚으러 태어난 자식이 있다지 아마?

그러면 엄마는 나에 대한 나무람을 그 말로 대신했다.

그날, 시험을 치르기 하루 전 나를 지탱해 주던 엄마가 뇌졸중으로 쓰러졌다. 1년, 내 인생에서 제일 열심히 살아온 1년이었다. 그 1년이 결과도 보지 못하고 허무하게 끝나버렸다. 그녀와도 그렇게 멀어졌다. 엄마가 어느 정도 말을 하고 걸을 수 있을 때쯤 그녀를 찾았으나 그녀는 그곳에 없었다. 대신 방 안을 가득 메운 건 그녀의 흔적이었다. 하루의 얼룩을 씻어 내던 화장실엔 그녀와 내가 평소에 사용했던 후로랄 샴푸와 쓰다만 로즈향의 비누가 허옇게 말라 여기저기 갈라져 있었다. 현관엔, 내 물건을 정리해 놓은 상자 두 개와 아무렇게나 버려진 슬리퍼가 짝을 잃은 채 덩그러니 남아 있었다. 허탈했다. 현관 앞에 털썩 주저앉아 무릎을 세워 그 속에 고개를 파묻었다. 나의 어둠의 끝은 어디였던가? 이제 나의 빛은 없었다.

7시. 아무도 없는 텅 빈 사무실에 갑자기 전화벨 소리가 요란하게 울렸다. 그 소리에 놀란 나머지 내 공허함이 순식간에 소리 안으로 빨려 들어갔다. 서둘러 방재실을 나와서 전화를 받았다.

-네. 관리사무소입니다. 무엇을 도와 드릴까요?

전화를 건 사람은 헬스장을 책임지고 있는 태웅이었다.

-형, 헬스장에 인터넷이 고장인가 봐요. 연결이 안 돼요. 정수기 종이컵도 다 떨어졌고요. 창고 안에 있나 하고 찾아봤는데, 창고에도 없어요.

종이컵 한 상자를 들고 헬스장에 갔다. 태웅이는 그곳에 없었다. 정수기 옆면의 종이컵 통에 종이컵을 한 줄 채우고는 혹시 다른 물품이 모자라지 않는가를 살폈다. 휴지나 A4 용지 재고 모두 충분했다. 그러고는 인터넷 상태를 살폈다. 인터넷은 선로, 공유기, 코드 다 정상이었고, 화면을 켜보니 아이피가 충돌되고 있는 상태였다. 관리 일지에 기록한 뒤 헬스장을 나오려는데 그가 문을 열고 들어왔다. 그리곤 내게 커피를 내밀었다.

─추운데 웬 아이스아메리카노?

─진하게 땀 흘리고 난 뒤에 한 모금 들이켜면 진짜
죽여요.

그가 헬스 자전거에 앉으며 커피를 한 모금 들이켰다.
나도 그의 옆에 있는 헬스 자전거에 나란히 앉았다. 그가
요즘 어때요? 라고 물었다. 나는 그의 묻는 의도가 나의
사생활인지, 일은 어떠냐고 묻는지 헷갈렸다. 나의 대답은
늘 똑같았다. 그냥 그렇지 뭐. 그리곤 피식 웃었다. 내가
왜 웃는 지도 모르는 그런 웃음이었다.

─형, 어머니 병이 나을 때까지 결혼은 안 할 거예요?

그가 물었다. 나는 대답 대신 헬스 자전거 페달을 힘껏
밟았다. 그러고는 커피를 입으로 가져가 한 모금 쭉 빨았
다. 미처 목구멍으로 넘어가지 못한 커피가 내 몸의 움직
임을 따라 입 안에서 세차게 출렁거렸다.

─형, 저 다음 달에 결혼해요.

멍했다. 결혼. 언제 생각해 봤던 단어인가? 엄마가 아
프고 난 뒤 결혼이란 걸 생각해 본 적이 있나? 변변찮은
내게 시집와 아픈 엄마를 간호해 줄 그런 천사가 있기
는 한가?

─집은?

이런. 결혼할 상대가 누구며 어떤 사람인지를 묻지 않고, 잘 사는지 못 사는지를 먼저 따져 묻는 내가 속물 같아서 움찔했다.

-이 아파트에 살아요. 헬스장에서 눈이 맞은 관계라고 봐야죠.

그 말을 하며 그가 너털웃음을 웃었다. 더 물어봐야 하지만 물어볼 말이 없다. 청첩장 보내, 라고 말한 뒤 헬스 자전거 페달을 힘껏 밟았다. 내가 밟지 않아도 원심력에 의해 자연히 돌아가는 페달을 세게, 더 힘껏 밟았다. 헬스 자전거는 한 발짝도 앞으로 나가지 않고 그 자리에 멈춰서서 바퀴만 세차게 헛돌고 있었다.

엄마의 뇌졸중은 왼쪽 두개골에서 눈, 그리고 오른쪽 팔과 오른쪽 다리로 찾아왔다. 지금은 많이 좋아지긴 했지만, 후유증 때문인지 한쪽 팔과 한쪽 다리를 잘 움직이지 못했다. 말도 어눌해서 처음에는 알아듣기가 무척 힘이 들었다. 특히 형의 직업인 변호사라든가, 친척들. 그중에서 나의 친가 쪽이니까 엄마에겐 시댁 쪽 사람들의 발음이 서툴렀다. 처음엔 엄마가 일부러 저러나? 하는 의심이 들기도 했다. 하지만 일부러 그러지는 않은 것 같았다.

가끔 아주 가끔, 엄마가 나의 앞길에 장애물 같아 피하고 싶을 때가 있다. 친구들이 청첩장을 보내왔을 때, 어찌

다가 만난 대학 동창이 대기업에 취직해 잘나가고 있을 때, 그리고 같이 공부하던 공시생 몇몇은 공무원이 되었다는 소식을 접했을 때, 그때마다 나는 움츠러들었다. 다들 속도를 내며 달리는데 나는…, 나만이 족쇄를 차고 있는 사람처럼 뛰어오르지 못하고 있었다.

-우철아! 간병인을 구하고 너는 네가 하고 싶은 거 해.

어눌한 말투로 엄마가 내게 말했다. 나의 한숨이 깊었던 모양이었다. 사실 나 역시 이대로 더 나이가 들어버리면 어쩌나? 하고 불안했다. 이럴 때 형이 도와주면 좋을 텐데…. 나의 바람은 그 이상도, 이하도 아니었다. 그러나 형은 감감무소식이었다.

아무도 없는 관리사무소를 오래 비워둘 수는 없었다. 사무실에는 낮 동안 여러 사람이 분주하게 움직였던 공간인가 싶을 정도로 공허했다. 심지어는 허한 마음을 달래주던 탕비실 안에도 그 느낌은 남아 있었다.

나는 걸음을 옮겨 방재실로 향했다. 분주하게 움직임을 포착하는 카메라가 쓸데없이 잡생각을 떨치게 해 주었다. 방재실에서 카메라를 살피는 건 위험을 예방하는 동시에 나의 가장 중요한 밥줄이었다. 카메라의 상황을 훑어보다가 SL-2번 카메라에서 한 남자의 이상한 움직임이 포착되었다. 그는 술에 취한 채 비틀거리며 바지를 내리고 있었고, 곧이어 부르르 몸을 떠는가 싶더니 그의 발밑으로 오줌줄기가 쏟아지고 있었다.

"빌어먹을 놈."

내 입에서 욕설이 쏟아져 나왔다. 그리고 청소 도구가 있는 창고로 걸어갔다. 그곳에서 밀대와 걸레를 챙겨 엘리베이터가 있는 101동 1, 2호 쪽으로 걸음을 옮겼다. 민원이 생기기 전에 빨리 닦아야 했다. 미화원이 청소하는 아침까지 기다려도 되지만, 그사이에 걸려 오는 민원이 더 많아 골치가 아플 것이다.

밤 11시. 저녁을 너무 간단하게 먹었는지 허기가 졌다. 컵라면이라도 먹고 자야겠다고 생각하며 커피포트에 물을 붓고는 스위치를 눌렀다. 잠시 후 부글부글 물이 끓어오르는 소리가 들리더니 딸칵 소리가 나면서 전원이 꺼졌다. 컵라면에 물을 붓고 뜨거운 김이 나가지 않도록 뚜껑에 책을 올려 두었다. 컵라면이 익기까지 1분. 라면이 익어가며 익숙한 맛과 냄새가 머릿속을 스치며 입에 침이 고였다. 갑자기 유혹을 참았던 오디세우스가 생각났다. 사이렌의 노랫소리를 들으면 빠져나오지 못하고 죽음길로 향해가는 사람처럼, 라면 또한 그렇다.

갑자기 119 사이렌 소리가 요란하게 들렸다. 이제 막라면이 익었는데…. 짜증이 확 밀려왔다. 얼른 방재실로 가서 모니터를 확인했다. SLC-6번 카메라에서 할머니 한 분이 급하게 엘리베이터에 올라타는 모습이 보였다. 곧바로 그녀를 따라 할아버지가 쫓아가며 할머니 머리채를 잡아끌고 때리는 장면이 목격됐다. 할머니는 피를 흘린 채 얼굴을 두 팔로 감싸며 할아버지의 주먹을 피하고 있었다. 102동 805호 할아버지였다. 할아버지는 전에도 자주 이런 일이 있어 경찰들이 왔다. 내가 현장에 막 뛰어가려고 할 때였다. 경비실에서 경찰이 도착했음을 알려왔다. 그 할아버지는 요주의 인물로 알려져 있었다. 소란은 경찰이 할아버지를 데려간 뒤에야 일단락되었다.

이제 당직실에서 잠을 청해도 되는 시간이다. 관리사무소의 최소한 불빛만을 남겨둔 채 사물함에서 이불을 꺼내고는 간이침대를 폈다. 침대가 펼쳐지며 시큼한 냄새가 배어 나왔다. 시트를 갈아야 할 때가 되었나 보다. 내일은 강 주임에게 침대 시트를 빨아 오라고 해야지. 눈을 감았으나 잠이 오지 않았다. 아까 헬스장에서 태웅이가 결혼한다는 이야기를 들었을 때까지만 해도 그냥 그랬다. 결혼. 나도 결혼을 해도 되나? 결혼은 할 수 있고? 엄마는? 여자? 그녀는? 그렇게 꼬리를 물 듯 생각이 이어지며, 잠은 아예 멀리 달아나 버렸다.

문득 내가 왜? 하는 생각과 함께 갑자기 딱딱하고 삐걱거리는 간이침대 소리가 신경 쓰였다.

-아! 진짜.

2년째 당직을 하지만 아직도 간이침대에서 자는 건 여전히 불편했다. 지금 내 처지에 화풀이할 수 있는 대상이 이깟 간이침대밖에 없다는 사실이 서글펐다. 누운 채로 휴대폰을 터치해 유튜브를 검색해 보았다. 가끔 보는 타로, 음식, 오늘의 주요 뉴스, 그리고 세계적으로 유명하다는 한국의 먹방이 차례로 올라왔다. 시시했다. 노래나 들어야겠다. 요즘 대세라는 한 걸그룹의 음악을 틀고는 자리에 누웠다. 그래, 울적할 땐 신나는 노래가 제일이지.

야아아-옹. 고양이 소리에 퍼뜩 잠을 깼다. 들고양이가 발정이 나서 갓난아이 울음소리를 내며 사납게 울부짖고 있었다. 서로 짝을 찾으려는 건 사람이나 짐승이나 매 한 가지인 모양이었다. 시계를 보니 아직 5시가 되지 않은 새벽이었다.

-저놈의 들고양이들.

다시 누워 잠을 청하려 했지만, 고양이가 계속 울고 있어서 그런지 잠이 오지 않았다. 자리에서 일어나 간이침대를 접고 창문을 열었다. 초겨울의 아침 바람이 서늘하게 밀려왔다. 잠 깨는 데는 커피가 제일이다. 탕비실로 가서 커피포트에 물을 올리고 일회용 컵에 커피믹스를 쏟았다. 뜨거운 물을 붓자 각각 따로 놀던 색깔들이 하나의 색으로 어울리며 부드러운 갈색 톤으로 바뀌었다. 커피를 들고 방재실로 향했다. 걸음을 옮길 때마다 일회용 컵 안에서 커피가 작은 소용돌이를 일으켰다.

모니터에서 내 품는 180개의 카메라가 움직임을 포착하며 네온사인처럼 빛을 쏟아냈다 흐려지기를 반복하고 있었다. 나도 모르게 그녀가 집으로 올라가는 SLG2-40번 카메라와 SLG1 40번 카메라로 눈길이 갔다. 카메라에는 어제 그녀가 지나간 흔적만 있을 뿐 미동도 없이 한 곳을 비추고 있었다.

몸은 나의 습관을 기억한다. 매일 아침 마시는 카페인의 각성 효과와 혀끝으로 느껴지는 설탕의 달콤함 그리고 이것을 조화롭게 연결해 주는 프림의 부드러움을. 커피를 한 모금 더 마셨다. 처음 한 모금 마실 때보다 많이 식은 상태지만 아직 커피는 따뜻했다. 고개를 한 바퀴 돌리고 어깨에 힘을 주어 찌뿌둥하던 몸을 움직여 근육을 이완시켰다. 잔잔하던 화면에서 움직임이 포착되었다. 109동 5, 6호 라인의 엘리베이터를 비추는 SLC-7번 카메라였다. 편한 등산복 차림의 중년 남자였다. 크지 않은 키에 넓은 어깨가 무척 당당해 보이는 사람이었다. 그

는 엘리베이터를 타자마자 1층을 누르고 곧바로 거울 앞
에 섰다. 그러고는 거울 앞에 서서 자신의 얼굴을 이리저
리 살펴보고는 만족한 듯 웃었다. 엘리베이터가 움직이고
7층에 다시 불빛이 들어왔다. 7층에서는 젊은 남녀가 올
라탔다.

　-아!

　낮은 탄식이 흘렀다. 그녀였다. 그녀가 왜? 남자와 같
이 있는 건가. 제기랄. 그녀는 109동이 아닌 105동에서 엘
리베이터를 타야 옳았다. 그러고 보니 흐릿하기는 하지만
남자도 어딘가 낯이 익었다. 어디서 봤더라?

　엘리베이터는 1층에 멈췄다. 중년 남자가 서둘러 내렸
고, 그녀와 그 남자도 나란히 내렸다. 아마 새벽 운동을
하려는 모양이었다. 아파트 1층 앞마당을 비추는 SL-2
번 카메라에 그들의 모습이 다시 들어왔고, 그들이 걸어
가는 모습을 가로등이 무대 위의 조명처럼 비춰주고 있었
다. 화면 속에는 그들이 멀어져 갈수록 눈에 들어오는 게
있었다. 아직 떨어지지 않은 모과 한 개가 바람이 부는 데
로 이리저리 매달려 대롱거리고 있었다. 저 모과처럼 초점
을 잃은 나의 눈동자가 방재실 안 사방으로 흩어지고 있
었다. 자동화재탐지 설비와 엘리베이터 이상 감지 시스템
과 비상 통화 장치, 그리고 경보 설비와 제어장치… 이

런 복잡한 장치들이 내가 처한 현실과 결부되어 나를 옥죄고 있었다. 숨이 막혔다. 비좁은 방재실 안에서 더 있을 수가 없었다. 방재실을 나와 곧장 화장실로 향했다.

수도꼭지를 틀어 세면대에 머리를 처박고는 한참을 그대로 있었다. 차가운 냉수가 머리와 얼굴 위로 쏟아져 시리다 못해 따가웠다. 어디부터 잘못되었나? 그녀가 나를 떠났을 때부터였던가? 아니면 엄마가 아팠을 때부터, 그것도 아니면 아버지가 돌아가셨을 때부터였을까? 아니, 어쩌면 형과 내가 비교당하고 있던 어린 시절부터였을지도 모른다. 아니다. 아니다. 이 모든 원인은 바로 나였다. 한 번도 간절하게 무엇을 원하지 않았고, 얻으려고 발버둥을 친 적이 없었다. 누구와도 부딪힌 적 없었고, 그저 사람 좋은 웃음을 웃거나 피하기만 했던 나였다. 나의 아군만큼 적이 생긴다고 했던가? 내게는 아군도 없었고, 적군도 없었다. 이제 그녀는 나의 사람이 아니었다. 어쩌면 처음부터 나의 사람이 아니었을지도 모른다. 다만, 그 사실을 내가 몰랐을 뿐이다.

-좋은 아침입니다.

8시 40분. 신주임이 인사를 건넸다. 출근 인사를 건네는 그의 목소리는 생동감이 넘쳤다. 그에게 밤사이 있었던 일들과 기계실 점검 상태, 그리고 오늘 해야 할 일들을 인계하고는 관리사무소를 나왔다. 직원들만 사용하는 뒷문을 나와 1층으로 올라가는 엘리베이터를 탔다. 평소에는 늘 관리사무소가 있는 101동 지하 주차장에 주차를 하곤 했었다. 하지만 어제는 왜 그랬는지 모르지만, 지상에 있는 112동 주차장에 주차해 놓았었다. 차에 타자마자 시동을 켜고는 의자에 머리를 기대었다. 간밤의 피로가 한꺼번에 몰려왔다. 심호흡을 크게 한 번 몰아쉬고는 경비실이 있는 정문 쪽으로 차를 몰고 나갔다. 정문 입구에 이르자 붉은빛을 띠며 입구를 막고 있던 주차 차단기가 나의 휴대폰 속에 연결된 앱을 통해 초록색으로 바뀌며 열렸다. 차가 천천히 아파트 왼쪽 모퉁이로 미끄러져 갔다.

이런, 그녀와 남자가 저 멀리에서 걸어오고 있었다. 그들은 서로 다정하게 이야기하며 잇몸을 환하게 드러내며 웃고 있었다. 이윽고 그들이 나의 차를 스쳐 지나칠 때쯤, 남자가 누군지 깨달았다. 남자는 편의점에서 만났던 그 남자였다. 처음 만났을 때부터 나보다 환하고 밝아 보였던 남자, 그래서 늘 나의 앞에 서 있었던 남자, 나에게 유리 벽이 어떤 건지를 알게 해 준 남자였다.

이제 그녀를 두고 나는 또 그의 뒤에서 따라가야 하는 신세인가?

그때 휴대폰이 울렸다. 태웅이였다.

-형, 퇴근 시간이죠? 오늘 미팅 안 할래요? 올 자기 친구요. 걱정마세요. 형 사정은 다 이야기했대요.

다시 오른쪽 모퉁이로 차를 몰았다. 이 모퉁이만 돌면 바로 대로변으로 연결되는 도로다. 차가 모퉁이를 돌자 도로변에 늘어선 가로수들이 아침햇살에 불타고 있었다. 눈이 부셨다. 이제까지 나만 몰랐던 아침햇살인가.

성실과
클라리사 벨른

미화 반장이 주민센터로 빠르게 걸어가고 있었다. 조금 뒤 시작할 안전교육 때문인 것 같았다. 성실은 시간을 확인하기 위해 휴대폰 화면을 터치했다. 어둡던 화면이 환하게 빛을 내 품었다. 휴대폰 화면에서는 3:20이라고 쓰여 있었다. 곧 있을 교육 시간이 10분밖에 남지 않았다. 서둘러 청소를 마쳐야 한다. 오늘은 청소를 30분 일찍 끝내고 주민센터에 오라는 미화반장의 지시가 있었다. 안전보건 교육은 한 달에 보통 2번 정도 이루어졌다. 그러나 지난달부터 부쩍 교육이 많아졌다. 미화원이 자주 바뀐 탓이었다. 그녀는 팔을 빠르게 움직였다. 여러 층을 닦아서인지 밀대가 밀리는 자리의 타일 바닥이 먼지와 함께 뒤섞여 부옇게 흐려졌다. 양동이에 담겨있는 밀대 2개는 이미 위층부터 닦아왔던 터라 이미 더러워져 있었다. 양동이에 있는 밀대로 바닥을 닦아도 지금처럼 똑같이 부옇게 흐려질 것이다. 밀대를 씻을 시간적 여유가 없다. 마지막

한 층만 닦으면 청소가 끝난다. 그래서 귀찮았다. 그때였다. 고막을 찢는 날카로운 여자의 고함이 들려왔다.

－아줌마! 청소를 뭐 이따위로 하는 거야. 걸레를 씻어야지. 타일에 때가 끼잖아.

이런 젠장! 아무도 못 말리는 그녀. 강 여사다. 그녀에게 안전교육 때문이라고 변명하기도 난처했다. 그래서 그냥 가만히 강 여사를 쳐다만 보았다. 그녀의 이름은 강진실. 아파트에서 그녀를 모르는 이는 없었다. 이름처럼 진실해 보이는지는 글쎄? 물음표를 주고 싶다. 그녀는 늘 폭발할 준비가 되어 있는 마그마 같았다. 그녀 스스로 분출구를 찾아 돌아다녔고, 사람들은 괜한 언쟁이라도 생길까 봐 그녀를 피해 다녔다. 그녀의 눈은 먹이를 포착한 짐승처럼 매서웠다. 이젠 성실이 가엾은 어린양이 될 수도 있는 거였다. 강 여사는 한 번도 표적이 된 먹이를 놓친 적이 없었다. 그녀의 먹이가 되어 아파트를 그만둔 동료도 벌써 세 명이나 된다.

출근 첫날, 선배 미화원이 그녀에게 강 여사를 조심하라고 귀띔해 주었다. 처음엔 영문을 몰랐지만, 며칠이 지나지 않아 왜, 강 여사를 조심해야 하는지 알 수 있었다.

－중이 떠나야지. 절이 떠날 수 있나. 안 그래.

그녀가 일을 그만두면서 내뱉은 말이었다.

-미친년이지. 미치지 않고서야 어찌 저래. 제기랄. 반찬을 해서 갖다 바쳐도 그때뿐이고, 딸이 카드 영업한다고 카드를 만들어라. 보험에 가입해라. 어휴! 지겨워.

　강 여사의 요구는 매번 바뀌었고, 수시로 늘었다. 선배는 강 여사를 욕하며 치를 떨었다. 또 요구를 들어주지 않으면 청소가 엉망이라고 트집을 잡았다. 그녀는 강 여사 이야기만 나오면 노이로제가 걸릴 지경이라고 했었다.

　교육은 늘 그렇듯 반복되는 통에 특별한 것은 없었다. 청소할 때 계단 미끄럼을 주의하고 세제를 사용할 때 눈에 튀지 않게 주의하라는 내용이었다.

　-언니. 옷 줘. 세탁하게.

　성실은 입었던 근무복을 벗어 세탁기 안에 넣으며 동료들에게 옷을 달라고 했다. 그녀가 처음 이곳에서 일하러 온 날, 선배는 미화원들의 옷을 세탁하는 일은 막내가 해야 하는 일이라고 했다. 동료들은 옷을 갈아입으며 한 명씩 그녀에게 옷을 건넸다. 성실은 그네들이 건네준 옷을 세탁기에 넣고 난 뒤 세제를 한 컵 떠서 세제 통에 부었다. 하얀 싸락눈처럼 생긴 세제 알갱이들이 사르르 소리를 내며 사각 틀에 소복하게 쌓였다. 그리고 세제를 넣었던 옆쪽 사각 통에 땀 냄새를 없애기 위해 섬유유연제를 넣고 난 뒤 스위치를 눌렀다. 투명한 세탁기 안으로 그녀가 청소하는 중간중간 들었던 주민들의 민원들이 가슴속에 쌓이듯 수돗물이 통 안에 차올랐다. 그리고 이내 오래된 세탁기가 강 여사의 괴팍한 소리처럼 떨거덕거리며 작동을 시작했다. 세탁기 안에서는 더러워진 작업복과 깨끗한 수돗물, 세제들이 뒤엉켜 한바탕 전쟁을 치르고 있었다. 주민들이 뱉어내는 민원들이 세탁 세제가 되어 성실의 뇌리에 박히면서 작은 거품이 일었다. 그래도 질서는 있는 법이었다. 한 번, 두 번 빨래를 헹구듯이 민원은 잠재워질 것이고 그녀의 마음속도 빨래처럼 헹궈졌으면 좋겠다고 생각했다. 그리고 마지막 섬유유연제처럼 머릿속에 엉킨 과거도 향기로 덮었으면….

아파트는 모두 10개의 동이었다. 미화반장은 미화원 관리와 단지 외곽을 청소하는 일을 맡았고, 나머지 미화원들은 청소 분량을 배분한 뒤 한 사람이 두 개 동씩 현관이나 계단 복도를 청소했다. 헬스장과 도서관, 지하 주차장 같은 공용부분은 요일을 정해 미화원들 모두 다 함께 청소했다. 미화 반장은 그녀에게 105동과 106동 청소를 맡겼다. 청소하는 일이 의례 그렇듯 계단과 복도 마당 등 공용부분을 청소하면 끝나는 일이었지만, 그녀가 유독 익히기 힘든 것은 지하 주차장이었다. 지하 주차장은 두 개의 출입구에 이층 구조로 되어 있었다. 아파트 지하는 10

개의 동을 미로처럼 연결해 놓아 이 구멍이 저 구멍 같고, 저 구멍이 이 구멍 같아서 어디가 어딘지 분간이 되지 않았다. 그래서 그녀는 몇 번이나 청소를 맡은 곳을 잃어버려 지상으로 엘리베이터를 타고 올라갔다가 내려오기를 반복했다. 처음 미화반장이 지하 주차장을 청소구역이라고 안내했을 때 성실은 왠지 모르게 가슴이 조여오는 압박감을 느꼈다. 특히, 지하 2층 주차장을 안내받을 땐 더 그랬다. 그녀가 살아온 날들처럼 어디로 가야 할지 모르는 미로 같았다.

대학을 졸업하고 취직해서 돈 벌어 오라는 부모님의 성화에 짓눌려 있었던 때였다. 그런 그녀가 도피처로 선택한 삶이 결혼이었다. 친구가 보던 드라마를 곁눈질로 훔쳐보며 키웠던 막연한 한국에 대한 동경이 그녀의 마음 속에 자리 잡고 있었는지도 모른다. 브로커, 그러니까 국제결혼 중매회사에서 15살이나 많은 남편을 처음 만났을 때 그가 왠지 낯설지 않다고 생각했다. 할아버지처럼 늙었을 거라 예상했지만, 처음 본 남편은 38살이라는 나이보다 훨씬 젊어 보였다. 브로커는 한국 남자랑 결혼하면 그녀의 가족은 평생 먹고 살 걱정은 하지 않아도 된다고 그녀를 꼬드겼다. 아버지가 돌아가시고 식구를 책임져야 했던 엄마와 웃을 때 하얀 이빨과 함께 보조개가 패던 막내 얼굴이 떠올랐다. 다른 일자리보다 결혼이 빠르고 쉬웠다. 매일 노점에서 장사하는 엄마와 동생이 벌어주는 돈으로 그녀는 대학을 졸업했다. 가족들은 그녀가 대학을 졸업하자마자 기다렸다는 듯이 돈을 벌어 오라고 했었다.

이 결혼은 가족에게 여유를 안겨다 줄 것이고, 또 결혼 생활을 유지하는 동안 매년 그녀의 가족에게 얼마의 돈이 송금될 것이다. 그녀는 남편이 고른 사진 속의 여자들과 함께 면접을 보았다. 그런 다음 남편이 마음에 드는 여자를 선택하면 따로 차를 마시거나 밥을 먹었다. 성실은 남편과 세 번째로 만났다. 그리고 점심을 먹었다. 그런 다음 남편은 그녀가 마음에 들었는지 그날 오후에 곧바로 결혼식을 올렸다. 결혼식은 간단했다. 온 가족이 모인 장소에서 우인들을 모시고 결혼 행진곡이 흐르는 그런 결혼식이 아니었다. 브로커가 시키는 데로 결혼사진을 찍고 부모님께 들러 인사를 한 게 전부였다. 그런 뒤 곧바로 남편을 따라 한국으로 왔다.

한국 생활. 그러니까 시댁에서의 생활은 그녀가 자라온 어릴 적 모습과 별반 다르지 않았다. 산이 있고, 강이 있고, 옥수수가 자라고, 가축을 키우는 그런 모습은 드라마에서 보았던 부자나라 한국에는 없는 줄로 생각했다. 한국에서 남편은 그냥 가난한 농촌 사람일 뿐이었다. 그래도 한국 생활은 고향 필리핀보다 대체로 나은 편이었다. 하지만 적응하기 힘든 것도 많았다. 그중에서 제일 적응하기 힘든 건 음식이었다. 짜고 매웠다. 무엇보다도 적응할 수 없는 건 밥을 먹을 때 온 식구가 둘러앉아 찌개 냄비에 먹던 숟가락을 넣는다는 것이었다. 그럴 때마다 클라리샤는 속이 메스꺼웠다.

　―논 한 마지기를 팔아먹은 년이 게으르기는 왜 이리 게 을러터졌어.

　시어머니가 텃밭에서 키운 채소를 새벽 시장에 팔고 집으로 올 때면 한숨을 쉬면서 하는 말이었다. 그리고 그녀의 말끝에는 항상 "내 팔자야."가 붙었다. 클라리샤는 한국말을 잘 알아듣지는 못해도 그 말이 듣기 좋은 말이 아니란 것쯤은 느낄 수 있었다. 뭔가 억울해하는 저 표정과 체념이 뒤섞인 말투. 싫었다. 낯선 나라, 낯선 사람, 그녀는 막막한 바다에 홀로 서 있었다. 그래도 이 지긋지긋한 생활을 참아낼 수 있었던 건 고향에 있는 가족들 때문이었다. 가족들은 그녀가 보내준 돈으로 꽤 여유 있는 생활을 한다는 거였다. 그녀가 이곳 식구를 위해 노력해야 할 이유는 없었다. 그녀에게 그네들은 남이었고, 다른 나라 사람이었다. 한 번도 고국으로 돌아간다는 생각을 한 건 아니었지만 그렇다고 한국에서 평생을 산다고 생각한 것도 아니었다. 밤이면 남편이라는 사람은 시뻘건 눈으로 짐승처럼 그녀에게 달려들었다.

'결혼. 그 대가로 고향에 있는 가족이 잘살면 그만이지.'

찌개 냄비에 숟가락을 담그는 일이 익숙해질 무렵이었다. 몸이 이상했다. 음식을 먹을 때면 구역질이 올라왔고, 체한 듯 속이 메스꺼웠다. 시어머니는 그녀에게 태기가 있다고 했다.

–아이요.

–대가 끊어질 줄 알았더니만…. 피가 섞이면 어떻노. 대가 끊기는 것보단 낫제.

그녀의 임신 소식을 듣고 시어머니는 위로하듯 읊조렸다.

몸이 이상해질 무렵부터 클라리샤는 갑자기 엄마가 만들어주는 음식이 먹고 싶었다. 반신(잡채와 비슷), 비거, 수만(약밥과 비슷), 아도보, 이런 음식 말이다. 그리고 그 무엇보다도 고향이 그립다는 사실이다. 고향의 냄새, 고향의 강이 그리웠고, 어릴 때 자랐던 오솔길이 그리웠다. 무엇보다도 희한한 건 그동안 그렇게 애틋하지 않았던 엄마와 막내가 너무 보고 싶다는 사실이었다. 한 번도 그녀의 선택을 후회한 적은 없었다. 후회한다고 해도 다시 되돌릴 수 없는 거였다.

　-자가, 먹고 싶다 카는 거 사 줘라. 임신했을 때 못 먹으면 째보가 나온다 안 카나.

　매일 울고 있던 클라리샤를 보고 안쓰러웠는지 시어머니가 남편을 채근했다. 하지만 그녀가 태어났던 나라 필리핀 음식을 파는 곳을 찾을 수 없었다. 클라리샤는 목구멍에 가시가 걸린 듯한 체기를 느꼈다. 체기는 며칠이 지나도 가시지 않았고 오히려 응어리처럼 맺혔다. 짧은 그녀의 한국말 실력으론 그녀가 좋아하는 음식들을 한국어로 설명할 수 없었다. 그저 TV드라마에서 배우들이 둘러앉아 차려진 음식 화면을 보며 손으로 가리키는 게 전부였다. 그리고 음식 이름 반신, 비거, 수만 아도보를 계속 반복했다. 남편도 알아들은 모양이었다. 날품을 팔고 돌아온 남편의 손에 들려있는 건, 그가 온 시내를 돌아다니며 사 온 음식, 닭고기 아도보와 가장 비슷하다는 안동찜닭이었다.

　-그거라도 먹어. 어머니께 반신은 만들어 달라고 할게.

　아기가 태어났다. 남편을 많이 닮고 그녀를 조금 닮은 이쁜 아기. 아들이었다. 아들의 이름은 돌림자를 써야 한다면서 '진' 자를 넣어 진수라고 지었다.

　진수가 아장아장 걸음마를 뗄 무렵이었다. 아장아장 걸

어오는 손주를 보지 못하고 시어머니가 냉장고 문을 열다가 진수 머리와 부딪혔다. 진수는 한바탕 자지러지게 울었다. 시어머니도 클라리샤도 진수를 달래느라 정신없었다. 그때 클라리샤의 휴대폰에서 음악이 흘러나왔다. 음악은 진수의 자지러지는 울음소리와 섞여 그녀의 혼을 빼고 있었다.

-클로리샤 벨른 씨죠? 일원동 파출소인데요. 전기만 씨가 남편 맞습니까?

-그. 런. 데. 요.

-남편분이 교통사고로 병원에 계십니다. 위독하답니다.

저녁 무렵. 유난히 하늘은 검붉었다. 서쪽 하늘로부터 하데스가 점점 손을 뻗쳐오고 있었다. 대문을 나서는 그녀의 다리가 휘청거렸다.

'안돼. 나에게 왜 이런 일이!'

뭉크보다, 아니 이 세상에 그 어떤 것보다 더 크고, 더 간절하게 절규하고 있었다. 남편을 사랑한 적이 없었다. 아니 없다고 생각했다. 그저 아이의 아버지, 그녀의 고향 집에 돈을 보내주는 존재, 법적인 남편, 그 이상도 이하도 아니었다. 그러나 생각해 보니 남편의 존재는 너무 컸다. 남편은 머나먼 타국에서 그녀의 전부였고, 영웅 호세 리살이었다. 지금, 그 버팀목이 사라지고 있었다.

남편이 죽고 난 뒤 시어머니는 친정집에 돈을 보내지 않았다. 고향에 왜 돈을 보내지 않느냐고 그녀는 시어머니에게 따졌다. 왜, 돈을 보내주지 않나요? 라고 말이다. 시어머니는 기가 찬다는 듯 성실을 노려보며 뺨을 때렸고, 머리를 쥐어뜯었다.

-저 외국년 땜에 내 아들이.

그리고 서럽게 울면서 '내 팔자야. 내 팔자야.'를 반복했다.

시어머니! 당신만 아픈가요. 나는요. 나도 뭐가 옳은지 모르겠어요. 당신은 모르시겠지만, 국가가 나서서 주선한 중매사업이 사회적으로 장려되던 일은 지금만의 문제는 아니지 않은가요? 어느 책에서 읽었는지 기억은 나지 않지만, 한국도 일본의 식민 지배 체재에서 조선총독부가 언론기관의 협조 아래 내선결혼을 장려한 적이 있다고 했어요. 책에서는 당시, 국가가 주도한 결혼이 주로 일본을 위한 징병과 충성을 요구했다면 지금 저는 한국 여성들이 외면한 가난한 노총각을 위한 배려쯤 될까요. 역사는 반복되고 시대가 요구하는 사회적 흐름이 있듯이 나 역시 그 흐름에 따라 흘러온 것뿐이에요. 그때와 지금이 다르다면 그때는 일제 치하였고, 한국의 지식인 남성과 일본의 하류 여성의 결혼이었다면, 지금은 주로 결혼조차 하

지 못하는 가난한 농어촌 총각과 동남아 여성이라는 사
실이에요. 지금 나도 나의 고향에서는 지식인이었어요. 클
라리샤는 그렇게 소리치고 싶었다. 하지만, 그 모든 소리
를 목구멍으로 삼켰다. 그리고 허탈하게 웃었다. 지금 시
어머니의 저 통곡은 내가 울부짖어야 옳은 일일 것이다.
하긴 다 무슨 소용이란 말인가. 그녀에겐 원망할 사람도
없었고, 투정할 사람도 없었다. 국가가 권장하고 언론이
동조했더라도 결국엔 그녀 자신의 선택이 아닌가.

　무엇을 잃어버린다는 건 무엇을 얻을 수 있다는 희망
이 있는 것이다. 그녀가 그랬다. 그녀는 남편을 잃고 남편
을 쏙 빼닮은 자식을 얻었다. 염상섭의 '남충서'가 한국인
도 일본인도 아니었듯이 아들 진수 역시 한국인도 필리핀
인도 아니란 사실이다. 일제 치하에서 일본 여성과 결혼한
남성이 피지배자가 되지 않으려고 선택한 결혼이었듯 나
역시 가족의 부를 위해 선택한 결혼이었다. 그리고 이제
나의 아들 진수가 한국 사회의 일원이어야 하는 것이다.
그녀에게… 가족이라는 의미가 달라지고 있었다.

　그녀가 입고 있던 옷에 찐득찐득 달라붙던 땀방울이
사라지고 옷깃에 스치는 찬 바람이 매서웠다. 겨우내 들
었던 건 시어머니의 한숨과 '우짤꼬'였다. 클라리샤도 겨
우내 시어머니가 내뱉던 '우짤꼬'를 입속에 되뇌어 보았

다. 그녀의 '우짤꼬'는 시어머니의 '우짤꼬'보다 깊게 나오지는 않았다. 그 의미를 어렴풋이라도 알게 된 건 새순이 돋을 때쯤이었다.

거실 창밖에서 인숙의 아들이 아침마다 노란색 어린이집 버스를 탔다. 자주색에 운동복 차림에 앙증맞은 가방을 어깨에 메고 있었고, 가방에는 미소 어린이집이라는 글자가 선명하게 새겨져 있었다. 그녀의 아들. 진수도 이제 어린이집에 가야 할 나이가 되었다. 클라리샤는 이제나저제나 시어머니 눈치만 보고 있었지만, 시어머니는 모른척했다. 아니다. 해가 서쪽 고개를 넘어갈 무렵, 노란색 어린이집 버스가 인숙네 집 앞에 멈추었고, 그녀의 아들이 내렸다. 그네는 아들의 손을 잡고 팔 그네를 타며 집으로 들어갔다. 시어머니는 툇마루에서 그 모습을 멍하니 응시한 채 한동안 바라보다 소매로 눈을 비볐다.

-내 이름은 황인숙이야. 내가 다섯 살이 많으니까 언니라 불러.

그녀와는 그렇게 인사를 했다. 그녀가 조선족이라고 말하지 않았다면, 한국인이라고 오해할 만큼 인숙은 외모도 한국인과 별반 다르지 않았고, 언어 소통에도 별문제가 없어 보였다.

-읍사무소에 가서 한국말 좀 배워.

언어 소통의 문제로 늘 힘들어하는 그녀를 보며 인숙은 그렇게 말했다.

－우린 어차피 한국에 살아야 하는 사람이잖아.

클라리샤는 가슴 어딘가를 망치로 쿵 내려치는 것 같았다.

읍사무소의 다문화가족센터는 다양한 나라 사람들이 있었다. 태국, 네팔, 캄보디아, 베트남, 중국…. 참 많은 나라에서 한국으로 시집을 온 모양이었다. 그녀의 고국 필리핀에서 시집을 온 사람도 한 명 있었다. 머나먼 타국에서 같은 나라 사람을 만났다는 것, 같은 나라말로 대화를 한다는 건 가슴 먹먹한 사건이다. 그녀의 이름은 줄리아라고 했다. 그녀의 단조로운 일상이 달라진 건 줄리아를 만나고 나서부터였다. 줄리아는 생각과 행동이 거침이 없었다.

－다음 모임에 클라리샤도 같이 가.

클라리샤. 낯설었다. 누가 대화를 나누면서 그녀 이름을 불러준 게 언제였나. 시댁에서 그녀를 부를 때면 너, 야, 자가, 미친년 아니면 외국 년이었다.

모인 사람은 그녀까지 포함해 모두 7명이었다. 그중에 누군가가 그녀의 고향 민다나오섬 특유의 언어 타갈로그어로 인사했다.

-Ikinagagalak kong makilala ka.(만나서 반가워요.)

얼마 만에 들어본 반가운 말인가. 말이 통한다는 것. 그 이유 하나만으로도 시집살이의 서러움을 날려버릴 수 있었다. 모임에 나온 사람들은 산업연수생, 결혼 이민자가 대다수였으나 불법체류자도 1명 있었다. 그는 처음 산업연수생으로 조그만 회사에 취직했다. 첫 번째 취직한 회사에서는 월급이 자주 밀렸다. 고향에서는 그가 보내오는 돈을 손꼽아 기다릴 터였다. 사장은 자주 폭력을 쓰고 욕을 내뱉었다.

-사장님. 월급 주세요.

처음 취직한 회사를 떠나던 날도 사장의 폭력이 있었다. 왜 월급을 주지 않느냐는 물음에 사장은 일도 못 하는 것들이 돈부터 따진다고 때리고 욕을 내뱉었다. 그날은 더 참을 수 없었다. 그는 사장을 밀치고 그의 폭력을 피해 도망쳤다. 그러나 사장은 월급이 밀렸다는 사실과 폭력을 행사했다는 사실은 감추고 언어가 잘 통하지 않은 그에게 불법체류자라는 딱지를 달게 했다.

언제였던가. 그녀가 마음껏 웃었던 날이. 그네들과 만남을 기다리는 게 그녀의 유일한 낙이 되어가고 있었다. 일자리도 구했다. 해장국집 서빙 일이었다. 식당은 돼지국밥으로 꽤 유명한 모양이었다. 대학을 졸업한 클라리샤였지만, 이곳에서 그녀의 학벌은 아무 소용이 없었다. 그녀가 할 수 있는 건 몸을 쓰는 일뿐이었다.

한 남자가 웃었다. 서툴던 서빙 일이 제법 익숙해질 무렵이었다. 조금 각진 얼굴에 40대 중반쯤 되어 보이는 호감이 가는 얼굴이었다. 그는 일주일에 두세 번 식당에 들러 저녁을 먹곤 했다. 그가 오는 시간은 주로 손님들과의 한차례 전쟁을 치른 후 조금 한가해진 시간이었다. 클로리샤는 언제부턴가 그가 식당을 오지 않으면 서운했다. 그가 식당 문을 열었다. 그리고 언제나처럼 벽 쪽에 자리를 잡고 돼지국밥을 주문했다. 오늘은 조금 피곤해 보였다.

-오늘은 힘드셨나 봐요. 빈 그릇 치워도 될까요?

클라리샤는 그를 향해 먼저 말을 건넸다. 그는 조용히 클라리샤를 향해 미소를 지었다. 그런 그의 미소에 그녀의 가슴이 두근거렸다. 그날 그는 어딘지 이상했다. 다른 때 같으면 입가심으로 믹스커피를 마시거나 한참을 멍하니 앉아있다가 식당을 나갔지만, 그날은 돼지국밥 그릇을 다 비운 후 식당을 나가지 않고 그녀를 바라보고 앉아있었다. 식탁을 치우고 있는 그녀의 손이 빠르게 움직였다. 그가 뚝배기를 수레에 담고 마지막 행주로 식탁을 닦고 있는 그녀의 손을 슬며시 붙잡았다.

-우리 같이 살까?

클라리샤와의 만남을 시작한 지 3개월쯤 지났을 무렵 그가 그녀에게 그렇게 말했다. 그녀는 고개를 끄떡였다. 그와 살림을 시작한 뒤 클라리샤는 시어머니와 진수를 잊었다. 그녀에겐 무엇보다도 이 행복이 중요했다. 어떤 의무감도, 책임감도 필요 없는 선택이었다. 그냥 그가 좋았다.

아! 행복은 이런 거구나.

누군가 이야기했다. 사랑의 유통기한은 6개월이라고. 그녀가 택한 사랑의 유통기한은 그래도 그것보다는 길었다. 3년이나 되었으니 말이다. 아이가 있었으면 좋겠다고 생각할 즈음이었다. 그날은 줄리아랑 고국에서 온 사람들을 만나기로 한 날이었다. 누군가 현관 초인종을 눌렀다. 그녀는 문을 열어줄까 말까 한참을 고민하다가 현관문을 열었다. 모르는 사람이었다. 서너 명의 남녀였다. 그들은 그녀에게 부동산에서 왔다고 했다.

-남편분이 집을 내놨어요.

그녀는 순간 얼굴이 하얗게 질려 가방을 바닥에 떨어뜨렸다. 다리도 휘청거렸다. 집을 보러 온 사람들이 놀라 그녀를 얼른 부축했다.

-아저씨 사업이 어려워요. 부도 직전이래요.

그들은 클라리샤가 조금 안정된 듯 보이자 그가 집을 팔아야 하는 이유를 그렇게 설명했다. 그녀는 부도가 뭔지 몰랐지만, 그가 지금 상태가 안 좋은 거라는 것과 힘들다는 것쯤은 집을 보러온 사람들에게서 느낄 수 있었다.

한 달쯤 지났을 무렵 처음 집을 보러왔던 사람 중 한 명이 그녀에게 하얀 봉투를 건넸다. 그가 클라리샤에게 주라고 했다는 거였다. 그는 부동산에서 집을 보러 왔다간 후 한 번도 집에 들어오지 않았었다. 그 사람은 그녀에게 다음주 일요일까지 집을 비우라고 했다. 클라리샤는 그 사람에게 그가 어디에 있느냐고 물었다. 그는 그 말에는 대답하지 않고 일주일 후에 집을 비워 줘야 한다는 말만 되풀이했다. 봉투 속에는 한 번도 사용한 적 없는 빳빳한 신권 오백만 원이 들어 있었다. 클라리샤는 봉투를 거실 바닥에 툭 던졌다. 봉투 속의 돈들이 거실 바닥 여기저기에 흩어졌다.

아! 정말. 그때는 왜 보지 못했을까. 그의 야비한 미소를 말이다. 망망대해에 홀로 난파된 느낌이 이런 것일까. 어디를 가야 하지. 그저 모든 게 두려웠다.

그녀가 한국이란 나라에서 아는 곳은 한 군데밖에 없었다.

-밥은 묵었나.

다시 돌아온 그녀에게 시어머니는 언제 그런 일이라도 있었냐는 듯 그렇게 물었다. 그녀는 고개를 저었다. 거실에는 낯선 아이가 그녀를 쳐다보고 있었다. 그녀가 아이를 떠날 때는 겨우 걸음마를 마치고 말을 시작할 무렵이었다. 그녀가 다가가 아이를 안으려고 했지만, 아이는 그녀를 피했다. 아이는 한동안 일정한 거리를 두고 그녀 주변을 맴돌았다.

예전처럼 욕이라도 시원하게 퍼부었으면 좋으련만, 시어머니는 말없이 밥상을 차려 클라리샤 앞에 놓았다. 상위에는 예전에 그녀가 싫어했던 된장찌개가 올라와 있었다. 남편은 시어머니의 된장찌개에 곰삭은 향기가 난다고 했다. 그녀는 오래 묵은 맛을 내는 음식보다 바나나맛 같은 달콤한 우유와 곱슬곱슬하면서 매콤한 라면을 더 좋아했었다. 처음 된장찌개가 상 위에 올라왔을 때 역한 냄새에 구역질이 났다. 그래서 된장이 들어간 음식을 피하곤 했었다. 그런 된장찌개 맛에 익숙할 때쯤 남편은 그녀의 곁을 떠났었다. 그리고 새로운 남자를 만나 그녀가 최고로 행복했을 때 그 남자도 가끔 된장찌개가 먹고 싶다고 했었다. 클로리샤는 말없이 된장찌개를 한 숟가락 떠서 입으로 가져갔다. 그녀의 눈에 눈물이 고였다. 된장찌개가 구수하다는 말을 이제야 조금 알 것 같았다.

한국에서 살아가야 한다면, 어차피 살아갈 수밖에 없다면 철저히 한국인이 되어보고 싶었다. 그렇다고 그녀의 고국을 잊은 건 아니었다. 그리움이라는 것은 가슴속에 꼭꼭 숨겨두어야 하는 그런 종류의 것이다. 그래서 가슴이 아리다 못해 쓰라릴 때 한 번쯤 꺼내야 하는 그런 것이다.

'클라리샤라는 이름도 오늘이 마지막이야. 이제는 새롭게 태어나야 해. 나에겐 책임질 가족이 있잖아.'

한국말도 지금보다 더 유창하게 하고, 이력서를 쓸 때 늘 신경이 쓰이던 이름부터 바꾸어야지 싶었다. 여권에는 엄연히 결혼 이민자, 한국 국적을 취득한 것으로 기록되어 있지만, 그녀 자신 스스로 한국인으로 받아들이지 못하고 있었다.

'이름은 뭐로 바꿔야 하나?'

─일 좀 하다가 어느 날 갑자기 사라져 버릴걸. 책임감도 없이 말이야.

이력서를 들고 면접장에 들어서면 '사장님'들은 그렇게 말했다. 그들은 클라리샤에게 너도 별수 없지. 안 그래? 말은 하지 않았지만, 그렇게 짐작하고 그녀를 대했다. 이력서를 들고 면접을 보는 일이 열 번을 넘어가자 '저는 달라요. 잘할 수 있어요.'라는 말을 입속으로 삼켰다.

─그쪽 사람은 게으르다고 그러던데 생각보다 성

실하네.

문득, 식당에서 서빙을 할 때 주인아주머니가 그녀에게 했던 말이 생각났다. 그래. 성실, 성실이 좋겠다. 그녀는 성실이란 글자를 되뇌어 보았다. 느낌이 좋았다. 그리도 휴대폰으로 성실이란 단어를 검색해 보았다. '정성스럽고 참되다.'라고 쓰여 있었다. 정성스러운 건 알겠는데 '참되다'라는 뜻은 잘 모르겠다. 그러나 좋은 말 같았다. '성실' 이름을 짓고 보니 꽤 괜찮았다. 성을 벨른의 발음과 비슷한 '박'으로 정했다.

-마지막 종착역이 미화원이라는 직업이지.

시니어클럽에서 추천을 받았다는 가장 나이가 든 여자가 넋두리처럼 말했다.

-언니. 그래도 움직일 수 있을 때 꿈적거려 손주들 용돈 주는 재미 아입니까.

옆에 있던 여자가 자랑스러운 얼굴로 말했다. 올해 65살이 넘어가는 자신이 아직도 일할 수 있다는 사실 자체가 자랑스러운 모양이었다. 누구에게 기대지 않고 살아가는 자의 자부심. 아무튼 그녀에게는 그런 당당함이 느껴졌다.

아파트 청소 일은 그래도 할만했다. 아파트 일은 민원이 많아 스트레스는 많이 받지만, 시간도 좋고, 월급이 밀리거나 떼일 염려가 없어 좋았다. 공장에 다니던 친구는 그녀보다 월급은 많았지만, 회사 사정이라면서 자주 월급이 밀렸다.

　-야! 큰일이다. 용역회사가 바뀐단다.

　-언니! 그러면 우리 다 그만둬야 하는 거예요.

　제일 나이가 많은 선배가 하는 말을 두 번째로 나이가 많은 선배가 받았다. 성실이 아파트에서 근무한 지 삼 년째 되는 날이었다. 성실이 속해있는 회사는 아파트 정규직원이 아니라고 했다. 경비원이나 미화원은 아파트에서 일은 하지만 별도의 회사가 있는 외주업체였다. 외주업체는 3년마다 재계약이 안 되면 일을 그만두어야 한다고 했다. 몰랐다. 한국이란 사회가 이렇게나 복잡할 줄은.

　실업급여를 5개월쯤 받았을 때였다. 미화 반장은 회사에서 새로운 아파트에 수주를 땄다고 그곳에 우리 팀을 투입할 거라고 했다. 그가 건넨 '우리'라는 의미가 새롭게 그녀의 뇌리에 박혔다.

　'우리! 아! 나도 이제 우리의 테두리에 들어갈 수 있는 사람이구나.'

　성실은 일할 수 있다는 사실도 반가웠지만, 우리 팀이라는 미화 반장의 그 말이 더 고마웠다. 한 번도 그녀에게 소속이라는 걸 알려준 사람은 없었다. 한국 사람들이 흔히 하는 말 '우리 집', '우리 가족', '우리나라'라는 단어가 그녀에게는 늘 멀게만 느껴졌었다.

이곳 아파트 청소도 제법 익숙해질 무렵, 역대급 태풍이 찾아왔다. 휘-잉 휘몰아치는 바람은 성실이 살아온 구질구질한 과거를 송두리째 쓸어갈 듯 거셌다. 아직, 트지 않은 동에 굵은 빗줄기가 가로수 불빛에 반짝이며 화살처럼 그녀를 향해 날아오고 있었다. 차츰 화살이 과거가 되고, 생각처럼 굳어지고, 흔적이 되면서 가슴에 통증을 느꼈다. 하지만 이제 그녀는 화살을 피하지 않았고, 화살은 그녀의 몸에 한 개, 두 개, 세 개…. 꽂히고 있었다. 이미 덧난 상처를 더는 치유할 수 없다는 걸 알았을 때 상처를 받아들여야 한다는 걸 알았다.

그러니까 강 여사를 다시 만난 날은 태풍이 할퀴고 간 그날이었다. 오십 대 중반쯤의 여자가 씩씩거리며 뒤뚱뒤뚱 이쪽으로 걸어왔다. 잔뜩 찡그린 이마의 주름과 갈매기 모양의 짙은 눈썹, 툭 튀어나온 광대뼈와는 반대로 움푹 들어간 볼이 성난 황소가 나에게 달려오는 것 같았다.

-아줌마가 새로 온 청소 아줌마인교?

그녀가 거칠고 억센 경상도 사투리로 물었다. 그 말을 건넨 그녀의 얼굴 곳곳엔 심술이 덕지덕지 묻어 있었다. 말하지 않아도 그녀가 강 여사임을 한눈에 알아보았다.

-네. 무슨 일로….

성실은 그녀를 잔뜩 경계하며 물었다. 그녀는 처음 보는 내게 처음에는 청소에 대해서 한동안 잔소리를 늘어놓더니 곧 무슨 말인지도 모르는 말을 한 시간이나 넘게 횡설수설하며 떠들어 댔다. 대충은 얼마 전 그만둔 미화원 욕인 것 같았다. 그리곤 성실에게 동의라도 구하듯 반말로 "그래. 안 그래."를 반복했다. 마치 자신은 아무 잘못도 없는데 그들이 자신을 나쁜 사람으로 몰아간다는 식이었다. 성실은 옳고 그름을 판단하기 전에 일단 기분부터 나빴다. 성실은 을이었다. 을은 을로서 존재해야 한다. 이럴 땐 그저 외국인의 특기. 그냥 못 알아듣는 척하는 게 제일이다.

―청소 말이야. 대충 씻은 물걸레로 성의 없이 엘리베이터 안을 닦아서 걸레 자국이 그대로 남았었어. 청소를 하려면 제대로 할 것이지. 그래? 안 그래?

강 여사의 목소리 톤은 점점 고조되고 급기야 입에 거품을 물기 시작했다. 사람과 같은 동물들에게는 말을 하지 않아도 느끼는 오감이 있다. 멸시, 경멸처럼 상대를 깔보는 행위들 말이다. 강 여사. 그녀가 그랬다. 뇌가 없는 건지, 생각이 없는 건지, 그런 말들이 상대에게 얼마나 큰 상처를 주는지 따위에 대한 배려 따윈 없는 듯했다.

―뭐가, 안. 그. 래. 요.

성실은 약간 목소리 톤을 높여 그녀의 끝말을 반복하며 눈을 동그랗게 뜨고 가만히 강 여사를 바라봤다. 가끔 고개도 갸우뚱했다. 일장 연설을 하던 그녀가 하던 말을 멈추고 기가 찬다는 표정으로 성실을 한참 노려보았다. 그러고는 더는 성실과 대화가 안 된다고 판단을 했는지 뼈 있는 말을 툭 내뱉었다. 몹시 화가 난 얼굴이었다.

-누가 말도 안 통하는 외국 사람 일을 시켜. 한국 사람 없나. 관리소장은 뭐 하는 거야.

그러고는 곧장 관리사무소를 향해 씩씩거리며 걸어갔다.

-한국 사람.

그녀는 나지막이 중얼거리며 강 여사가 걸어간 쪽을 공허한 시선으로 바라보았다.

휴대폰에서 카톡이 울렸다. 반가운 문자다. 월급명세서였다. 최저임금으로 계산된 월급에 국민연금, 건강보험, 고용보험, 그리고 세금을 공제한 금액이다. 아마, 통장에도 월급이 입금되었을 것이다. 퇴근길 마트에 들러 식구들이 먹을 삼겹살을 사야겠다. 그리고 시어머니가 좋아하는 초코파이도 사고.

상수와 변수

"이 사기꾼들. 재건축이 뭔데, 인감증명이 왜 필요한 가요? 인감증명 가지고 남의 집 뺏으려고 가져오라는 거야?"

병태의 고함이 관리사무소에서 꽤 멀리 떨어진 101동 입구까지 들려왔다.

'또 저 인간이야! 아! 진짜.'

순간 민재는 짜증부터 밀려왔다. 관리소장과 아파트 재건축 일을 의논하러 관리사무소로 가던 길이었다. 관리사무소에는 병태와 관리소장이 다투고 있었다. 정확히 말하면 관리소장이 일방적으로 당하고 있었다는 표현이 맞을 것이다. 그녀는 병태의 억지 주장에 난처한 기색이 역력했다.

"재건축 일은 재건축 사무실에 가서 이야기하세요. 저에게 왜 이러세요."

그 말을 하며 그녀가 인상을 찌푸렸다.

민재는 그녀를 도와줄까 하다가 얼른 재건축 사무실로 발길을 돌렸다. 괜히 불똥이 자기에게 튕길까 싶어서다. 병태는 건축 공사 현장에 인부를 조달해 주는 소규모 인력 조달 업체 사장이었다. 그가 건축과 관련된 일을 했다고 하지만 직접 현장에서 노동해 본 적도, 현장 책임을 맡아 본 적도 없는 건축에 대해선 거의 문외한이나 마찬가지였다. 그런 그가 공단을 조성하는 현장에서 회사 경비와 짜고 전기 케이블을 빼돌리다 원청회사 자재과 감독에게 걸린 모양이었다. 그 일이 여기저기 소문이 나면서 그는 인력 조달일을 그만둘 수밖에 없었고, 돈도 수월찮게 물어준 모양이었다. 그런 그가 이번에는 아파트 재건축에 관해서 어디서 떠도는 이야기를 주워듣고 와서 사사건건 트집을 잡았다. 그냥, 억지를 부린다는 표현이 맞는 것 같았다. "보기 싫게 현수막은 아파트에 왜 붙이느냐?"든지, "자기들끼리 다 해 처먹으려 한다."면서 욕을 퍼붓거나 직원들의 일거수일투족을 감시하는 따위의 행동을 했다. 그것도 성에 차지 않으면, 관리소장에게 가서 입주민 전체를 위해서 일을 하지 왜 재건축 편을 드느냐고 따졌다. 그 때문에 참다못한 임원들이 경찰에 신고도 하고 말리기도 해 보고 별짓을 다 해 보았지만 그때뿐이었다. 오히려 말리는 주민들에게 행패를 부리기 일쑤였다. 주민들은 괜히 나섰다가 병태에게 트집이라도 잡힐까 봐 모두 피하기 바빴다.

며칠 전에는 왕 통장과 109동 303호에 사는 남자 사이에 거의 주먹질에 가까운 다툼이 있었다. 벌써 두어 달째 계속되는 소란에 민재는 재건축을 추진하는 일에 괜히 나선 것 같아 마음이 편치 않았다. 자신이 보기엔 주민의 부담 없이 새집을 가질 수도 있고, 집값도 오르니 밀져야 본전이라는 생각이었다. 하지만 오늘처럼 난리를 치는 일부 주민의 반응을 보면 괜히 끼어들었나 싶은 생각이 들기도 했다.

재건축을 준비한 건 반년쯤 전이었다. 평소에 연락도 없던 왕 통장이 아파트 일로 상의할 게 있다며 만나자는 연락을 해 왔다. 그날, 왕 통장을 만나는 자리에 아파트 전 입주자대표회장 영호와 용역업체 뉴데일리 신성운 사장이 함께 자리하고 있었다.

신 사장은 깍듯하게 인사를 하고는 명함을 한 장씩 나누어주었다. 그는 나래아파트 재건축을 성공적으로 끝냈고, 지금은 개나리아파트 단지와 삼도아파트 재건축을 진행하고 있었다. 그는 관리소장에게 재건축을 추진할 만한 사람을 추천해 달라고 했고, 관리소장은 왕 통장과 전 입주자대표회장 영호를 추천해 준 모양이었다.

신 사장은 다음 사업으로 민재가 사는 풍림아파트를 점찍어 두고 있었다고 했다. 5층밖에 안 되는 저층 높이에 세대수는 550세대, 각호당 15평이나 되는 대지권과 주변의 좋은 환경과 학군, 교통 조건들을 생각해 봤을 때 풍림아파트는 투자해볼 가치가 충분하다는 거였다.

용역업체 뉴데일리의 평판은 그리 나쁘지 않다고 관리소장이 전에 이야기한 적이 있었다.

민재는 돈에 대한 남다른 욕심이 있는 왕 통장과 권모술수가 능한 전 입주자대표 영호와 마주한다는 사실이 꺼림칙했다. 하지만 재건축이 시작되면 집값은 수월찮게 오를 것이고, 집값이 오르면 집을 팔고 근처의 제법 괜찮은 아파트를 구해서 이사 가면 그만이라 생각하니 손해 볼 것도 없었다. 재건축을 도와주면 자신에게도 조금의 떡고물이 떨어질 수 있을 것이었다.

모인 사람들은 이래저래 서로의 이해관계가 어느 정도 맞아떨어졌다.

의기투합한 세 사람은 며칠 후 관리사무소에 가서 관리소장에게 같이 점심을 먹자고 했다. 재건축을 진행하려면 그녀의 도움이 필요했기 때문이었다. 그녀는 아마도 재건축에 관해 이야기하리란 걸 짐작한 듯 잔뜩 경계하는 눈빛이었다. 한정식집은 도심을 흐르는 강의 전경이 한눈에 보이는 곳에 있었다. 점심을 먹으면서 왕 통장은 자신의 포부를 털어놨다.

"저는 돈에 대한 욕심은 없고요. 단지 가난하고 부실 많은 아파트에 사는 우리, 다 같이 잘살아 보자는 마음 하나밖에 없어요."

평소와 달리 왕 통장이 점잖게 목소리를 깔고 말했다.

민재는 헛웃음이 나왔다.

'허~ 이 사람 웃기네. 돈 욕심은 아파트에서 둘째가라면 서러울 양반이.'

왕 통장의 이름은 왕도창이다. 이름처럼 돈복이 붙는지, 빈손으로 시작하여 벌써 아파트 두 채다. 그는 작년까지 인근 대기업에 다녔었고, 부인은 몇 년 전까지 아파트 정문에서 포장마차를 운영했다. 포장마차에는 떡볶이와 튀김, 김밥, 닭발들을 팔았다. 자리가 좋았는지, 장사 수완이 좋았는지는 알 수 없으나 왕 통장네가 돈을 꽤 벌었다는 소문이 아파트 안에 자자했다. 입주민 중에는 주민들을 상대로 장사를 해서 돈을 벌었으니 당연히 얼마를 기부해야 한다고 떠들기도 했고, 일부는 아파트 입구에 포장마차가 자리 잡고 있어서 더럽고 지저분하다고 은근히 시샘하는 주민도 있었다. 그러나 왕 통장이나 그의 아내는 아랑곳하지 않았다.

호사다마라고 했던가. 장사를 시작한 지 2년쯤 지나서 왕 통장이 회사에서 정리해고를 당했다. 그는 한동안 일자리를 알아보러 여기저기 찾아다녔지만, 새 일자리를 구하기 어려운지 결국은 포기하고 말았다. 젊은 사람도 취업하기 힘이 드는데 환갑이 다 되어 가는 그를 받아주는 곳은 없었다. 그는 집에서 지내기가 무료했는지, 아파트 관리에 대해 이리저리 나서며 직원들을 한동안 못살게 굴었다. 관리소장이나 직원들이 참다못해 문제를 제기하기 시작했다.

그러자 이번에는 동사무소에 들락거렸다. 동장에게 가서 어떻게 알랑거렸던지 동장은 당시 공석으로 있던 아파트 통장직에 그를 추천했다. 통장이 된 그는 적성에 맞는지 시도 때도 없이 단지 내 이 동 저 동을 쏘다니며 일거리를 찾았다. 동사무소에서 지원하는 각종 지원사업이나 노인 일자리 사업, 장애인지원, 저소득 가정지원 등을 입주민들에게 연결해 주며 마치 자신이 선심을 써서 지원해 주는 것처럼 거들먹거렸다. 그러면서 어떤 경우든 자기 돈이 지출될 때는 알은체도 하지 않고 뒤로 빠졌다. 주민 중에는 그런 그를 아니꼽게 생각하는 사람들도 많았다.

민재는 왕 통장이 한 번도 남을 위하여 자신의 것을 남에게 내어주는 것을 보지 못했다. 그래서 그의 말이 역겹게 느껴졌다. 그래도 이번만은 그의 말이 진심이라고 믿어 보고 싶었지만 영 내키지 않았다.

관리소장은 재건축에 대해 우리가 생각하는 것보다 많은 것을 알고 있었다. 신 사장은 다르겠지만, 왕 통장과 영호는 재건축에 대해서 아는 지식도 별로 없고, 생소한 법률이 많아 궁금한 게 많았다. 신 사장에게 상의해도 되지만 그는 이익을 추구하는 사람이었다. 그에게 필요 이상으로 아파트의 약점을 노출시킨다면 나중에 그것을 빌미로 불리한 계약조건을 제시할 수도 있었다. 이래저래 관리소장에게 물어보는 게 여러모로 편했다. 관리소장은 그때마다 자료를 찾기도 하고 주변 소장에게 도움을 구한 뒤 우리에게 알려주었다. 그녀는 우리에게 꽤 많은 도움이 되었다. 그녀가 이야기해 준 내용을 토대로 신 사장과 이야기를 진행하면 일이 수월하게 진행되었다.

가끔, 그녀는 우리가 원하는 걸 대체로 다 들어 주었으나 어떤 일들은 얼음장처럼 차갑게 대했다. 주로 업무 분담 관련 일들이 그러했다. 관리의 측면과 재건축을 추진하는 쪽의 이해가 상반할 때라든가, 아니면 주민에게 피해가 갈만한 일들에 대해선 정확히 선을 그었다. 자신은 재건축을 찬성하는 쪽과 반대하는 쪽 모두의 소장이고 또 입주자 등의 소장이기도 하다고 말했다.

"소장님. 입주자면 입주자지, 입주자 등은 뭡니까?"

민재는 그 말이 생소하여 그녀에게 물었다.

"입주자는 공동주택의 소유자 또는 그 소유자를 대리하는 배우자 및 직계 존비속을 말하고, 입주자 등은 사용자를 포함하는 개념입니다. 재건축을 추진하고 있는 편에서 입주자는 여론 형성에 주도적인 역할을 하니까 아주 중요하다고 볼 수 있죠."

관리소장은 막힘없이 또박또박 설명했다. 그러고 보니 그녀의 말을 관리규약 어느 한 구절에서 읽은 내용 같기도 했다. 그러면서 그녀는 어느 정도 도움을 청하는 것은 이해하지만 적당한 선을 지켜 달라고 했다. 얼마나 지켜질지 모르겠지만, 우리는 그렇게 하겠다는 뜻으로 고개를 끄떡였다. 그 자리에서 관리소장은 재건축은 가 보지 않은 길이라 그 길의 끝이 궁금하다고 했다. 역시, 일 욕심이 많은 소장이었다. 민재 자신뿐만 아니라 여기 있는 영호와 왕 통장 모두에게 기회가 왔으니 욕심을 내는 눈치였다.

"아파트가 이제 겨우 20년밖에 안 되었는데 할 수 있을까요?"

전 입주자대표회장 영호가 불쑥 말했다. 조금 상기된 얼굴이었다. 그러나 아무도 그의 말에 반응하지 않았다.

만약 재건축을 시작하여 좋은 결과를 얻을 수 있다면 입주민 모두에게 새로운 시작이 되는 것이다. 말은 하지 않았지만, 모두 결연한 의지는 있었다.

그렇게 우리는 재건축을 추진하기로 합의를 보았다. 가칭 '풍림아파트 재건축 추진위원회'라고 이름도 지었다. 이름을 짓고 보니 뭔가 대단한 일을 벌어질 것처럼 설렘과 두려움이 한꺼번에 밀려왔다.

재건축을 시작하면서 왕 통장의 기획력과 추진력, 권모술수에 혀를 내둘렀다. 물론 신 사장의 보이지 않은 도움이 있기는 했다. 민재가 보기에 왕 통장이 영호보다 한 수 위인 것 같았다. 사람을 앞에 두고도 금방 자신이 했던 말을 언제 그랬냐는 듯 얼굴을 바꾸기 일쑤였고, 자신이 불리한 일은 침묵으로 일관했다. 주민들이 재건축에 대해 안 좋은 시선으로 보며 핀잔이라도 할라치면 걱정하는 투로 말했다.

"왜 그래요. 우리도 남들처럼 새집 짓고 한번 잘살아 봐야죠? 언제까지 이렇게 뒤처진 곳에 살 거야?"

그는 마음씨 좋은 옆집 아저씨의 환한 웃음으로 얼렁뚱땅 넘겼다. 그의 웃음 띤 말에 상대방은 다그칠 의지를 잃어버리기 일쑤였다. 그리고 그 사람이 가고 나면 "웬 재수 없게, 저러니 이 모양으로 살지." 하고 빈정거렸다. 민재는 왕 통장의 그런 모습에 처음에는 황당했으나 점차 익숙해졌다.

재건축을 진행하면서 왕 통장과 영호, 둘은 신기하게도 죽이 잘 맞았다. 왕 통장은 전체적인 재건축에 대한 그림을 그렸고, 영호는 풍부한 인맥을 잘 활용해 대외적인 민원을 처리했다. 영호는 또 약간의 막무가내 기질만 빼면 아파트 내 주민과도 친화력이 좋았다.

재건축을 준비하면서 신 사장은 관리사무소를 뻔질나게 들락거리며 사업가 기질 특유의 입담과 능청으로 자신이 원하는 것을 얻었다. 원래 신 사장은 서울의 모 아파트입주자대표회장이었다. 신 사장이 살고 있던 아파트가 오래되어 재건축을 진행하는 과정에서 일을 제법 깔끔하게 처리한 모양이었다. 그 일이 주변 아파트에 소문이 나면서 여기저기 재건축 일을 도와주다 보니 어느새 용역업체 뉴데일리의 대표가 되었다고 했다. 그는 관리소장에게 자신이 용역업체 사장이 되기까지 사연을 말했다. 그가 재건축을 포기하지 않을 거란 진심이 느껴졌는지 관리소장은 아파트에서 구청과 주고받은 공문을 재건축에 도움이 될 것 같아 복사해 주었다는 것이다.

재건축은 탄력을 받아 빠르게 진행되었다. 아파트 단지 주변 곳곳에 재건축을 홍보하는 현수막이 걸리고 아파트

가격은 하루가 다르게 올랐다. 부동산에 관심이 많거나 발 빠른 주민들은 매물을 거둬들였고, 재건축 추진위원인 세 사람은 좀 더 조직적으로 변해 갔다. 주민 중 이해타산이 빠른 젊은 층은 거의 재건축을 찬성하는 쪽이었고, 반면 나이가 많은 노인들은 돈이 무슨 소용 있냐며 터를 떠나는 것에 대한 두려움 때문인지 재건축을 반대했다.

재건축을 진행하는 데 있어 임원이 된다는 것은 정보수집에 유리한 고지를 선점할 수 있었다. 각종 이권과 집값의 변화를 실시간 접할 수 있기 때문이다. 그런 측면에서 정보를 선점한 세 사람. 민재 자신이나 왕 통장, 영호는 부의 대열에 합류할 수 있는 유리한 토대를 마련했다고 할 수 있었다.

왕 통장으로선 아파트를 가능한 여러 채 소유하는 게 유리했다. 재건축 진행과 연관된 유리한 여론을 형성하기 위해서였다. 그러나 문제는 자금력이었다. 그래서 그는 편법을 사용했다. 매물로 나온 아파트를 자신이 가 계약금만 주고 선점하고는 자신이 다녔던 회사의 지인들이나 친인척에게 몇천을 보태 되팔았다. 그런 일은 으레 부동산 중개업자가 개입되어 이루어졌고, 왕 통장은 늘 뒤에서 돈만 챙겼다. 그것은 수수료 명목이 되기도 했고, 프리미엄이라는 명목이기도 했다.

왕 통장이 갑자기 아파트를 사들이기 시작했다. 부동산 중개업자를 통하는 것이 번거로웠는지 아니면 자신의 손에 들어오는 금액이 성에 차지 않았는지는 모르지만, 왕 통장은 가지고 있던 거의 모든 재산을 아파트에 쏟아부었다. 은행 대출도 한도를 초과한 것 같았다. 그런 왕 통장을 보며 민재는 까닭 없이 불안했다. 처음 몇 채를 사들일 때는 민재도 그러려니 했다. 왕 통장이 다섯 채를 넘기고 열 채를 넘겼다. 주로 전세를 낀 갭투자였고, 그가 집 한 채를 사들이는 데 필요한 돈은 집값의 10% 정도만 있으면 되었다. 그를 따라 전 영호는 다섯 채, 민재 자신도 두 채를 샀다.

왕 통장은 소유한 집이 모두 열두 채가 넘어가자 지역 소식지에 광고를 게재했다.

'직원 구함. 하루 5시간 근무. 월 100만 원. 토, 일, 공휴일 휴무.'

그가 내건 조건은 민재가 봐도 너무 파격적이었다. 광고가 나가자 생각보다 많은 사람이 몰려왔다. 왕 통장은 그중에서 40대에서 50대 초반 여자들을 10명, 3개월 조건부로 채용했다. 그리고 그는 매일 아침 그들을 상대로 1시간씩 재건축에 대해 교육을 했다. 교육이라고 해보았자 몇 가지 행동 요령에 지나지 않았다. 여자들은 별 할

일 없이 종일 수다만 떨다가 집으로 가는 날이 반복됐다. 그녀들은 월급날이 되자 하는 일 없이 돈을 받기 미안한지 뭐라도 해야 하지 않느냐고 왕 통장에게 말했다. 그럴 때면 왕 통장은 너그러운 웃음으로 답했다. 한 달이 지났다. 이상했다. 더 이상한 것은 누가 시키지도 않았는데 여자들 스스로 재건축하는 아파트가 있다면서 주변 지인들에게 투자가치가 있으니 아파트를 사라고 권유까지 하는 것이었다. 왕 통장이 그들에게 노렸던 부분인 것 같았다. 그녀들 덕분이었는지 재건축에 관한 소문은 빠르게 퍼졌고 따라서 아파트 가격도 많이 올랐다. 왕 통장이 그녀들에게 준 삼 개월 치 봉급은 그의 아파트 한 채를 매매한 차액으로 모두 해결되었다. 그의 그런 수완을 보고 모두 혀를 내둘렀다.

임시로 추진되던 재건축 추진위원회를 구청에 정식으로 등록하는 절차를 밟기로 했다. 왕 통장이 재건축 추진위원장이 되고, 감사 2명의 자리는 영호와 105동 305호 차 반장이 맡기로 했다. 또 109동 201호에 사는 왕 통장 처남을 이사, 민재는 총무를 맡게 되었다. 재건축 추진위원은 5인 이상으로 구성하면 족했다.

아파트 입구에 재건축 추진을 알리는 현수막을 내걸었다. 그러자 재건축 추진위원회 사무실에는 외부 투자자가 많이 왔고, 관리사무소에는 형편이 어려운 입주민이 주로 찾아왔다. 병태도 그중 한 명이었고, 폐지를 줍는 할머니, 장애인 부부, 한 부모 가정, 주로 재건축 사무실에서 문전박대를 당한 사람들이 대부분이었다.

재건축 계획이 조금씩 구체화 되자 사업추진 서류를 받기 시작했다. 인감증명서, 주민등록등본, 초본, 동의서 같은 재건축 사업을 하기 위해서 필요한 서류들이었다. 재건축에 대해 지식이 별로 없는 주민들은 인감증명서를 넘겨준다는 사실에 막연한 불안감을 가지고 있었다. 하루하루를 살아가기 바쁜 그들. 재산을 불릴 능력도, 주변 인맥도 없는 그들이었기에 어디 가서 궁금한 것을 물어보거나 하소연할 곳도 없었다. 그나마 그들 이야기를 끝까지 들어 줄 수 있는 사람은 관리소장밖에 없었다. 아직 젊어서 무얼 알까 싶었으나 생각보다 그녀에게 의지하는 사람들이 많았다.

"저는 주민들의 고민을 다 들어 줄 만큼 그릇이 크지 않아요. 너무 힘에 부쳐요."

때때로 관리소장은 축 늘어진 채로 민재에게 투덜거렸다. 폐지를 줍는 할머니나 정부 보조금을 받기 위해 날일만 다니시는 101동 402호 아주머니, 딱 그달 생활할 돈만 벌면 그 후에는 더 일을 안 하는 109동 112호에 사는 술주정뱅이 아저씨, 아파트 주민을 상대로 집에서 반찬 주문이 들어오면 그때그때 팔아서 생활하는 110동 105호, 그들은 모두 아파트를 팔아 다른 집을 살 수 없는 이들이었다. 이 아파트의 시세는 일억원 정도다. 주변에는 이 아파트처럼 작은 평수의 아파트도 없었고, 도심에서 멀리 떨어져 외진 곳의 허름한 아파트를 산다 해도 오천만 원은 더 보태야 할 형편이었다.

민재는 자신이 늘 보아오던 일상이라 대수롭지 않게 지나쳤던 일들이 관리소장의 입을 통해서 들으면서 야릇한 기분이 들었다. '그랬었나.' 관리소장이 말하는 사람들은 당면한 과제, 살아야 하고 살아내야 하는 것들이었다.

재건축은 별 무리 없이 진행되어 갔다. 가끔 몇몇 사람들이 재건축하면서 아파트를 망치고 있다고 수군거리곤 했지만, 대체로 주민들은 협조를 잘해 주는 편이었다.

추진위원회 승인은 별 무리 없이 받았다. 뉴데일리 신 사장과 구청의 협의가 잘 되었던 모양이었다. 그가 재건축 임원들과 관리소장까지 참석하는 추진위원회 승인을 축하하는 자리를 마련했다. 재건축의 초기 단계의 일부 능선을 넘긴 것이다. 그 자리에서 신 사장은 이제 안전진단 통과 절차를 준비해야 한다고 했다.

안전진단 과정은 생각보다 난항을 겪었다. 아파트의 경

과 연도가 오래되지 않은 점이 첫 번째 이유였다. 또 아파트 내 건축물의 내력벽을 천공하고 화단이나 아파트 마당의 지질조사도 마쳐야 했다. 관리소장에게 안전진단의 주도적인 역할을 해 달라고 부탁했다. 그녀는 안전진단 조사는 승인하지만, 주도적인 역할은 재건축 조합에서 해야 하는 일이라고 고개를 저었다. 자신은 재건축을 찬성하는 쪽과 반대하는 사람들 모두의 소장이라는 이유였다.

"허-허."

민재는 관리소장이 대견하기도 하고 괘씸한 생각도 들었다.

"다 방법이 안 있겠습니까, 걱정하지 마시고 안전진단 날짜나 잡아보시죠."

왕 위원장이 신 사장에게 뭔가 대책이 있는 듯 자신 있게 대답했다. 그런 그를 보며 민재는 고개를 갸우뚱했다. 대책이 있을 리 없었다. 안전진단 일정이 잡히고 안전진단 팀이 온다고 한 날 아침, 왕 위원장은 관리소장에게 전화를 걸었다.

"안전진단 팀이 관리사무소에 갈 거니 잘 부탁합니다."

왕 위원장은 마치 통고하듯 관리소장에게 대답할 겨를도 주지 않고 재빨리 전화를 끊었다. 그러고는 회심의 미소를 지었다. 그의 행동에 모두 놀랐다.

관리소장은 사전에 아무런 이야기도 없이 몇 시간 전에 불쑥 내뱉는 왕 위원장의 그 말이 매우 못마땅하게 들렸다.

'뭘 부탁한다는 거야?'

그녀는 자신이 왜 안전진단에 끼어들어야 하는지, 당혹스럽고 억울한 기분마저 들었다.

그날 오후 한 무리의 사람들이 관리사무소로 들어왔다. 두 명 내지 세 명 정도 오리라고 예상했으나 무려 10여 명이나 되는 대학교수와 연구원들이 들어왔다. 대학원생으로 보이는 젊은 서너 명을 제외하고는 모두 머리가 희끗희끗하고, 누가 보아도 전문가다운 티가 나는 사람들이었다. 그녀는 처음 당하는 일이라 가슴이 두근거리기도 했고, 긴장도 되었다. 하지만 그들에게 당당하게 보이려고 애를 썼다.

그들은 먼저 각 동의 건물들을 세밀하게 둘러보았다. 그리고 다시 관리사무소로 와서 설계 도면을 보며 여러 가지 사항을 물었다. 육안으로 확인한 안전 점검의 문제점, 관리하면서 안전이 필요하다고 생각했던 점 등 숨 돌릴 틈도 없이 질문하기 시작했다.

관리소장은 아파트 건물에 대해서 평소 자신이 알고

있던 대로 대답했다. 그러나 문제는, 그녀가 좋든 싫든 정답은 어느 정도 정해져 있었다. 재건축을 추진하는 데 도움이 되는 쪽으로 답을 해야 했기 때문이었다. 그 점이 그녀는 내심 불쾌했다. 그녀는 미처 대답할 말이 떠오르지 않을 땐 멋쩍은 표정을 짓기도 했지만, 타고난 순발력으로 별 무리 없이 그들의 물음에 답해 주었다. 그들 중 몇몇은 고개를 끄떡이며 그녀의 말에 귀를 기울였다.

마지막 질문이라면서 한 조사원이 그녀에게 물었다.

"철근콘크리트 건물은 양생이 잘 되었을 경우 50년 이상 100년을 가는데 왜 20년밖에 안 되는 아파트를 재건축하려고 하십니까?"

그녀는 당황스러웠다. 미처 생각도 못 했던 질문이었다. 평소 경제 논리로 재건축을 빨리 시작한다는 것은 결국, 국부를 축내는 일이라 생각하고 있었기 때문이었다. 하지만 이 상황에선 자신의 소신대로 말할 수는 없었다.

"원론적으론 맞는 말씀입니다만, 우리의 생활환경이 너무 변하지 않았나요? 사람이 생활한다는 것은 보편적인 가치관과 기준이 있다고 생각합니다. 현재 우리나라 보통의 생활환경은 국민주택으로 일컬어지는 24평대에서 32평대로요."

여기까지 이야기하고 나서 그녀는 마른침을 삼켰다. 그

들은 얼굴에 묘한 미소를 지으며 진지하게 듣고 있었다. 그녀는 이어서 12평의 경우 거실을 겸한 방과 책상 하나 들어가면 누울 자리조차 없는 작은방, 부엌이라고 볼 수 없는 작은 공간으로 구성되어 있었다. 4인 가족이 거주하고 있는 현실의 생활환경을 이야기하면서 누구나 행복할 권리가 있지 않겠냐고 반문했다. 그리고 내친김에 진부화까지 덧붙였다.

그들이 돌아가고 며칠이 지나 안전진단 결과가 통보되었다. 생활 환경적인 면에서 현재와 괴리되어 있는 구조라 하루라도 빨리 재건축을 해야 한다는데는 이견이 없었다. 다만, 구조안전진단에서는 아직도 양호한 상태라 재건축 요건을 통과하지 못하였다. 왕 위원장은 추진위원들에게 입단속을 시켰다. 하지만 아무리 재건축 사무실에서 쉬쉬하였으나 발 없는 말이 천 리를 간다고 소문은 빠르게 번지고 주민들이 술렁이기 시작했다.

그와 동시에 아파트 가격이 하향세로 돌아섰다. 재건축을 준비하던 무렵, 일억 원 정도 하던 아파트값이 한 달이 멀다고 오르기 시작했다. 일억천만 원, 일억이천만 원을 넘어가고 있었으나 안전진단의 요건을 통과하지 못하자 다시 일억천만 원대로 소폭 떨어지고 있었다. 주민 중 발 빠른 사람들은 빠르게 집을 사들였고, 일부는 집을 팔고 인근의 큰 아파트로 이사를 하기 시작했다. 집값이 오를 때는 별말이 없던 사람들이 집값이 내리자 여기저기 재건축에 대한 불만이 여기저기서 터져 나오고 있었다.

'개구리 올챙이 적 생각을 못 하고 괜히 손해 보는 느낌이 드나 보네.'

민재는 사람들의 욕심과 이기심을 보며 혀를 찼다.

왕 위원장은 강력한 맞수 영호가 늘 골칫거리인 모양이었다. 재건축이 본격화되자 두 사람의 보이지 않던 갈등이 서서히 수면 위로 올라왔다. 회사를 쉬는 날, 추진위원회 사무실에 앉아있으면 왕 통장과 영호의 보이지 않는 알력으로 민재는 양쪽 눈치를 보느라 진땀이 났다. 왕위원장은 재건축 초창기 그의 인맥과 주민들의 인심을 등에업고자 그를 필요로 했다. 그러나 영호가 조합장을 하고싶다는 의사를 표현하자 왕 위원장의 안색이 변했다. 조합장 자리는 누구에게도 양보할 수 없는 자리였다. 그 자리는 그에게 부를 가져다주는 자리임과 동시에 그가 가질 수 있는 유일한 권력이었다.

1차 안전진단에 대한 이의 신청이 받아들여져서 재진단일정이 잡혔다. 신 사장이 뻔질나게 관계기관에 들락거린결과였다. 겉으로는 이의 신청에 의한 재진단이었지만 사실은 로비에 의한 재진단이었다. 다시 안전진단을 준비하면서 신 사장은 관리소장을 만나 구조가 가장 부실한 곳을 알려 달라고 했다. 관리소장은 계단과 계단참, 현관 입구에 심각한 크랙과 안전에 많은 문제를 안고 있는 108동과 110동을 추천해 주었다.

2차 안전진단에서는 예상대로 건축의 안전에 문제점이 있는 것으로 드러났다. 특히, 안전 문제와 진부화로 재건축을 서둘러 진행해야 한다는 보고서가 나왔다. 물론 신 사장의 보이지 않는 로비가 진단의 결과를 180도로 바꾸어 놓았다. 그러자 집값은 다시 하루가 다르게 오르기 시작했다. 12평짜리 아파트가 일억 천만 원대에서 일억 이천만 원으로 오르더니 다시 일주일도 안 돼서 일억 오천만 원대로 올라갔다.

왕위원장과 영호의 싸움도 점점 격해졌다. 왕 위원장은 재건축아파트의 매매 절차상 조합장의 동의요건을 문제 삼아 부동산 중개업자에게 정기적인 상납을 받아오고 있었던 모양이었다. 그뿐만 아니었다. 그는 재건축에 참여하고 싶은 건설업체와 철거업체, 법무사, 은행 등 크고 작은 업체들로부터 상납을 받아오고 있었다. 상납금 일부는 재건축을 위해 쓰였지만, 왕 위원장 개인의 주머니에 들어간 돈도 만만찮았다. 이 문제는 공공연한 비밀이었고, 영호는 결정적인 물증을 잡기 위해 혈안이 되어 있었다. 그러나 역시 왕 위원장이었다.

영호와 관련 사업체는 따로 만날 때는 왕위원장의 비리를 이야기했지만, 막상 영호가 증거를 달라고 요구하면 모두 꼬리를 감추고 모른척했다. 자신들의 이권에 영호가 번거롭기만 할 뿐 아무런 도움이 되지 않기 때문이었다.

재건축이란 것이 돈의 쟁탈전이었고, 세력 싸움이었다. 이미 재건축을 추진하는 측은 왕위원장의 사람들로 채워져 있었다. 뉴데일리 신 사장까지 왕위원장을 두둔하고 나서자 영호는 수세에 몰리기 시작했다. 신 사장의 입장에선 둘이 싸워서 누가 이기든 이기는 편에 서는 게 당연했다. 둘의 싸움은 시공사를 선정하는 문제를 두고 극에 치달았다. D 업체를 추천한 왕위원장과 M 업체를 추천한 영호는 한 치의 양보도 없었다. 그들 뒤에는 건설회사들이 버티고 있었다. M 업체는 D 업체보다 규모나 지명도 면에서 뒤처졌다. D 업체는 누구나 다 아는 대기업이었다. 주민들은 M 업체에서 D 업체보다 유리하게 제시하는 서비스와 조건에도 불구하고 부도 위험이 적은 대기업을 선택했다. 나중에 아파트를 팔 때도 대기업에서 시공한 아파트 가격이 더 많이 오르기 때문이다. 결국, 영호는 재건축의 모든 직책에서 밀려나고 말았다.

왕위원장의 내제된 본성이 서서히 드러나기 시작했다.

눈엣가시 같은 영호가 사라지자 왕위원장은 재건축의 모든 일은 자신을 통해서만 결정하고 싶어 했다. 특히, 신 사장과 관리소장이 가까워지는 것을 유난히 싫어했다. 주민들을 등에 업은 관리소장이 혹시나 왕위원장을 추천했던 것처럼 조합장으로 다른 사람을 추천할 수도 있는 일이었다. 그도 영호처럼 언제든지 주민들의 뜻에 따라 밀려날 수 있었다. 왕위원장의 불안감은 신 사장이 관리소장에게 모종의 제안한 사실을 알고 더욱 심해졌다.

신 사장은 자신이 새로 재개발할 곳에 관리소장이 먼저 토지를 매입할 것을 권유했다. 그동안 도움만 받고 아무것도 해 준 게 없다는 이유였다. 그는 재건축 추진에 대한 여러 가지 도움과 안전진단 과정에서 핵심적인 역할을 해준 것에 대한 대가를 관리소장에게 던져준 것이다. 그때 관리소장의 눈빛이 흔들렸다. 그가 옆에서 봐도 흥분하고 있음을 느낄 수 있었다. 신 사장은 아직 왕위원장이 이 일을 모르고 있으니 민재에게도 모른 척하라고 했다.

한 달쯤 후에 민재는 관리소장에게 신 사장이 추천한 곳에 투자했는지 물었다. 그녀는 조용히 고개를 저었다. 그러면서 자신의 이야기를 담담하게 털어놓았다.

결혼생활에서 돈의 귀중함을 아는 그녀에게 신 사장의 제안은 마음을 흔들기에 충분했다.

그때부터 그녀의 욕심과 마음속의 양심 사이에서 고민이 시작되었다. 신 사장이 말한 그곳에 투자한다는 것은 그들과 한 무리가 되어 그 영역 속으로 스스로 걸어 들어가는 것과 같은 일이었다. 그렇게 되면 앞으로 그들은 더 큰 부탁을 하게 될 것이고, 단맛에 취하면 점점 거절은 더 못할 것이 뻔했다. 또 투자를 포기한다는 것은, 그들이 원하는 영역을 거부하는 것이 되고, 가장 많은 비밀을 알고 있는 그녀를 그들이 하는 일에서 배제해야 한다는 뜻이기도 했다. 오랜 고민 끝에 그녀는 결연해지기로 마음먹었다. 그래서 자신이 하는 일에 전념하여 그 분야에서 남들에게 뒤처지지 않는 전문가가 되고 싶었다.

민재는 그녀의 말을 듣고 난 뒤 작은 이익을 앞에 두고 머뭇거렸던 자신이 문득 부끄럽게 느껴졌다. 한편으론, 그녀가 세월이 흘러 오늘을 돌이켜 보았을 때 후회하지 않는 옳은 선택을 한 것 같아서 내심 뿌듯하기도 했다.

안전진단 통과라는 문구의 현수막이 내 걸리자 집값은 다시 뛰기 시작했다. 12평이 일억 팔천만 원을 넘어 이억 원을 넘보고 있었다. 주민들은 빠르게 집을 팔고 떠났다. 아파트에 사는 사람들은 소유주 대신 저렴한 비용으로 거주하려는 임차인이 그 자리를 차지했다. 행패를 부리며 괴롭히던 병태도 집을 팔고 떠났고, 폐지를 줍던 할머니도 아파트를 떠났다.

이제 아파트는 본격적인 투기장으로 변했다. 곳곳에 프리미엄이라는 글자의 현수막이 아파트 담장을 메웠고, 재건축을 추진하기 전 그나마 순수했던 사람들은 어디에도 없었다. 돈의 맛을 알아버린 미치광이 광대들이 설쳐댔다. 거칠고 삭막했다. 거의 모든 사람이 자신들의 속내를 숨기고 고개를 쳐든 채 탐욕의 눈알을 굴리고 있었다. 여기저기서 집값을 올리는데 광분하고 있었다. 대지 지분가격을 계산하면 더 오를 수 없는 가격이었지만 더 오를 것이라고 집을 팔지 말자고 떠들어 대고 있었다.

그즈음 인근 개나리 아파트 재건축 조합장의 자살 소식이 뉴스에 보도되었다. 재건축을 진행하면서 100% 투명하게 진행할 수도 없었고, 공공기관과 건설사들 등 여러 비리와 로비들로 연결되기 마련이었다. 어느 재건축 사업이나 거의 비슷한 부정적인 일들이 얽혀있었다. 그런 사건을 접하고도 사람들은 눈썹 하나 까딱하지 않았다. 재건축조합장 자리란 그들에게 그만큼 탐나는 자리였기 때문이다.

민재는 점점 겁이 났다. 몇 번이고 손을 놓으려고 했지만, 재건축이 마무리되고 난 후의 달콤함이 그를 붙잡았다. 영호처럼 노골적으로 조합장 자리를 욕심내지도 관리소장처럼 작은 이익을 거부하지도 못하는 자신이 한심했다.

이제 아파트는 조합설립 절차만이 남았다. 그동안 말없이 과정을 지켜보던 사람들도 하나, 둘 노골적으로 조합장 자리에 눈독을 들였다. 그러나 그들 모두 이미 대세가 굳어버린 왕위원장의 상대가 되지 못했다. 재건축 조합 측은 이제 더는 반대하는 주민들의 여론은 신경 쓰지 않아도 되었다. 조합설립 총회를 하고 초대 조합장에 왕위원장이 짜고 치는 고스톱판이었지만 당선되었기 때문이다.

그는 이제 누구의 눈치도 볼 필요도 없어졌다. 그동안 늘 가시 같은 존재인 관리소장을 노골적으로 밀어내기 시작했다. 재건축의 비밀을 너무 많이 알고 있기도 하고, 무리에 속하지 않는 그녀가 걸림돌이었기 때문이었다. 누구보다 관리소장의 힘을 등에 업었으면서 그들의 일에 방해가 되지 않도록 그녀를 토사구팽시켰다. 그렇게 관리소장도 아파트를 떠났다.

주민들이 한동안 술렁거렸다.

이제 마지막 한판의 싸움만 남겨졌다. 6개월 뒤 영호는 왕 조합장을 상대로 재건축 진행 효력정지 가처분 소송을 진행했다. 오십억이 걸린 불꽃이 튀는 마지막 전쟁이 시작되었다.

엘리베이터

놈과의 악연은 2년 전부터였다. 그놈. 105동 1408호. 놈은 내가 근무하는 이 아파트로 이사 오지 말았어야 했다. 그랬다면 나와 사사건건 얽히는 불상사는 발생하지 않았을 것이다. 조만간 그놈이 죽든 내가 죽든 양 당간에 결판을 내고 말리라. 최근 올라오는 민원의 절반은 놈이 올린 것이었다. 그것도 나를 표적으로 한 민원. 고의적인 악성 민원이다. 민원의 이유도 다양했다. 층간소음 문제는 기본이고, 택배 반품 연락을 제때 안 했다는 이유로, 세대에 온 외부 방문 차량을 통제하지 않는다, 순찰을 제대로 하지 않는다 등의 이유였다. 어이가 없다. 놈이 나를 괴롭히는 시간은 밤낮이 따로 없다. 심지어 그놈은 휴게 시간이 끝나는 새벽, 10분만 늦어도 경비실 문을 두드렸다. 그리고 그것으로 끝나지 않고 그 사실을 관리사무소에 일러바쳤다.

얼마 전이었다. 아침 출근 시간 무렵, 차량을 통제하

다 볼일이 급해 잠깐 화장실에 다녀오는 사이, 하필 내가 없는 틈에 놈의 차가 뒤엉키다 접촉 사고 날 게 뭐란 말인가.

아침 출근 시간은 등교하는 통학 차량과 유치원 차량, 회사에 출근하는 차량이 뒤엉켜 한바탕 소란을 떨어야 해결되곤 했다. 그 일로 놈은 나에게 근무 태만이라며 한동안 여기저기 떠들어 댔다. 놈이라면 이가 갈린다. 그놈은 숫제 나를 못 잡아먹어 안달이 난 듯했다. 놈과 나는 전생에 철천지원수였던 게 틀림없다.

오늘도 놈은 옥상에 무슨 소리가 나는 것 같다고 신고를 해 왔다. 신고가 들어 왔으니 옥상을 확인해 보기는 해야 할 것 같다. 어쩌겠는가. 먹고 살려면 어쩔 수 없는 일 아니던가. 경비실 창밖으로 곧 소나기가 쏟아질 모양인지 날씨마저 어둑어둑해졌다. 온몸이 찌뿌둥하고 쑤셨다. 특히 무릎이 더 그랬다. 날씨가 흐리거나 비가 오기 전엔 늘 그랬다. 아마 나이 탓이리라.

옥상으로 가기 위해 통로를 따라 천천히 엘리베이터 쪽으로 걸어갔다. 그리고 오른쪽 가장자리에 있는 버튼을 누르려다 말고 자꾸 머뭇거렸다. 며칠 전에도 이 엘리베이터는 사람이 갇힌 상태로 멈췄다. 그래서 한바탕 소란을 피웠다. 혹시 나도 엘리베이터를 타고 오르내리다가 잘못

돼서 갇히면 어쩌지. 갑자기 불안감이 엄습했다. 며칠 뒤에 교체될 이 엘리베이터는 요즘 들어 고장이 너무 잦았다. 기계가 너무 낡고 오래된 탓인지 층을 오르내릴 때면 끼익 소리가 나거나, 덜커덩거리며 카 몸체가 수시로 흔들렸다. 또 내릴 때 문이 왈칵 열리거나 닫힐 때도 힘겨운 소리를 내며 마치 빽빽한 문을 여닫을 때처럼 힘겹게 열리고 닫혔다. 제어 시스템, 주 로프, 조속기, 과부하 감지장치, 도어 장치…. 이런 부품들이 제 수명을 다한 탓일 것이다.

엘리베이터는 4층에 서 있었다. 무릎이 아파 옥상까지 걸어서 오르기에는 무리였다. 숨을 크게 내쉬고는 버튼을 눌렀다. 끼익 끽끽 요란한 쇳소리를 내며 엘리베이터가 내려왔다. 그리고 이내 덜컹거리며 고개를 넘어가듯 한 박자를 쉬어가며 카 문이 열렸다. 카에 올라타고선 검지를 내밀어 15층 버튼을 꾹 눌렀다. 그리곤 한쪽 가장자리에 비켜서서 닫힘 버튼을 누르려는데 며칠 전, 이 엘리베이터에 갇혔던 13층 아주머니가 올라탔다. 낭패다. 그녀의 손에는 푸른 마트 상호의 초록색 비닐봉지가 들려있었고, 비닐봉지 속에는 파와 오이 같은 채소들이 들어 있었다. 아주머니는 나를 보자 미간을 찌푸렸다.

"아저씨, 며칠 전에 왜 그러셨어요."

그녀가 따지듯이 물었다.

시계의 시침과 분침이 수직을 가르고 있었다. 휴게실로 가기 위해 냉장고에 있던 도시락을 막 꺼내려던 참이었다. 갑자기 비상벨이 요란하게 울렸다. 발걸음을 멈추고 얼른 비상 통화 장치의 수화기를 들었다. 수화기 너머로 다급하게 소리치는 중년 여자의 목소리가 들렸다. 그러나 무슨 소리인지는 알아들을 수 없었다. 나의 귀에는 그냥 웅얼거리는 소리로만 들렸다.

아! 보청기….

그날은 하필 보청기를 거실 탁자에 올려놓고 그냥 출근한 날이었다. 그나저나 무탈하게 하루를 보내기를 바랐는데 그예 일이 생겨 버렸다. 여자가 그동안 자신이 보청기를 끼고 있다는 사실을 알게 해서는 곤란했다. 보청기를 쓸 만큼 귀가 어둡다는 걸 알게 되면 주민들의 입방아에 오르내릴 테고, 그렇게 되면 필시 아파트에서는 경비직을 그만두라고 할 것이다. 여자는 아마도 엘리베이터에 갇혔으니 꺼내 달라는 소리겠지 싶었다.

"엘리베이터 회사에 연락하겠습니다. 걱정하지 말고 조금만 기다리세요."

나는 그녀가 소리치는 말을 가로채며 그렇게 되받았다. 그녀가 내 말이 끝나기도 전에 수화기 너머로 또 뭐라고

소리쳤다. 그러나 나는 여전히 여자의 말을 알아들을 수
없었다.

"걱정하지 마세요. 조금만 기다리시면 됩니다."

나는 다시 한번 엘리베이터 안에 갇힌 사람이 안심할
수 있도록 소리쳤다.

"어느 정도 기다려요. 10분? 20분?"

엘리베이터에 갇힌 사람은 13층에 사는 여자였다. 중얼
거리는 소리는 잘 들리지 않았지만, 흐릿하게 CCTV 화면
에 비치는 아주머니의 입 모양이 그렇게 말하는 것 같았
다. 나는 못 들은 척하며 그녀의 말에는 대꾸하지 않았다.
여러 말을 하면 귀가 어둡다는 걸 들킬까 그것만 신경이
쓰였다. 더 대꾸할 말이 없다고 판단한 나는 곧바로 비상
통화 장치의 수화기를 내려 버렸다.

"여긴 더 좋은 아파트인데요. 105동 7, 8호 엘리베이터
에 사람이 갇혔습니다. 빨리 와 주세요."

엘리베이터 관리용역회사에서는 바로 "곧 가겠습니다."
라고 답했다.

나는 몇 층에서 고장이 났는지 확인하려고 CCTV 화
면 속으로 눈길을 돌렸다. 이런 젠장! 층을 알리는 붉은
점이 흐릿하게 퍼져 있어 숫자를 알아볼 수 없었다. 눈을
비볐다. 그래도 희미했다. 나이는 들어도 시력만큼은 젊은

사람 못지않게 좋았었는데. 이제 눈마저 맛이 갔나 싶어 씁쓸했다. 13층 여자는 엘리베이터 안에 갇힌 채 화가 난 상태로 계속 소리를 쳤다. 그러다가 지쳤는지 이윽고 휴대전화를 꺼내 어딘가 전화를 걸고 있는 모습이 흐릿하게 보였다. 며칠 후면 아파트에서 영원히 사라질 이 기계가 하필 내가 근무하는 날 고장이 날 게 뭐란 말인가. 울화가 치밀었다.

13층은 멀었다. 아니 멀게 느껴졌다. 그녀에게 무어라 변명을 할 수 있단 말인가. 오래된 엘리베이터의 기계음이 그녀의 짜증과 교차 되어 나를 옥죄고 있었다. 나는 사슬을 풀기 위해 그녀가 뭐라 하던 계속 고개를 숙이고 있었다. 그런 와중에도 엘리베이터는 올라가는 내내 심하게 흔들리거나 끼익, 덜커덕 소리를 내고 있었다. 문득, 흔들리고 있는 엘리베이터가 마치 내가 그녀에게 꼬리를 흔들며 좀 잘 봐달라고 교태를 부리고 있는 강아지 같다는 생각이 들었다. 나는 그녀에게 온 신경을 주시한 채 그녀의 처분을 기다리고 있었다. 그때 삐- 소리가 나며 엘리베이터가 13층에 도착했음을 알렸다. 나는 안도의 한숨을 여자에게 들키지 않도록 내 쉬었다. 여자는 나를 보며 떨떠름 한 듯 한 번 째려보고는 말없이 내렸다.

옥상에는 별다른 문제가 없었다. 아마 1505호에서 집을 수선하면서 난 소리가 벽을 통해 울렸던 것 같았다. 아니면 공사하는 사람들이 잠시 옥상에 올라가 쉬고 있던 차에 났던 소리였을 수도 있었다. 이제 1408호에 가서 너무하지 않느냐고 따져야 할 차례다. 제발 민원 좀 그만 넣으라고 말이다.

'오늘은 담판을 짓고 말 테다.'

그렇게 단단히 마음먹고 초인종을 눌렀다. 반응이 없었다. 한 번을 더 눌렀다. 안에 인기척은 있었다. 인터폰을 눌렀으니 집 안에 있는 비디오폰으로 내 얼굴은 확인할 수 있을 터였다.

한참 후 현관문을 열고 나온 사람은 놈이 아니라 그녀였다. 단아한, 그러면서 기품있는 그녀. 영아. 놈이 문을 열고 나오는 장면만 생각하다가 그녀, 영아를 보는 순간 나는 당황했다. 어찌할 바를 몰라 허둥대고 있는 나를 보고 그녀는 미소를 지었다.

"오빠, 무슨 일로 오셨어요?"

그녀가 나직이 말했다.

"옥상에 무슨 소리가 들린다고 신고가 들어와서."

나는 쭈뼛쭈뼛 그녀에게 어색한 어투로 말했다.

그녀가 안쪽을 보고 소리쳤다. 당신이 신고했어요? 안에서 놈이 무어라 중얼거리는 소리가 들렸다. 먹살잡이는 무슨. 그녀 앞에서 큰소리 한번 치지 못하고 돌아서야 하는 내 꼴이 우스웠다.

꼬리조팝나무꽃이 활짝 피던 때였으니 여름이 거의 끝나 갈 무렵이었다. 군대 영장을 받고 난 뒤 그녀와 만났던 날. 그때 그녀는 "기다릴게요." 나를 올려다보며 울먹이는 소리로 말했다. 나는 "꼭 기다려 줘." 그렇게 그녀에게 간절히 애원하고 있었다. 그리곤 내 입술을 그녀에게 포갰다. 따뜻한 입술의 체온과 그녀의 타액이 달콤하다고 느꼈다.

군대에서 3년을 썩고 난 뒤 고향에 돌아와 보니 그녀는 마을에 없었다. 선을 보고 시집을 갔다고 했다.

'제기랄. 뭐가 그리 급해서.'

한동안 나를 버린 그녀에게 분풀이하듯 그녀를 향한 울분과 원망을 쏟아냈다. 그리고 영아가 가슴 한 자락 아린 추억으로 남아 있을 때쯤 지금의 아내를 만나 결혼도 했다.

그녀! 영아는 영원히 추억으로 남았으면 좋았을 것이다. 그녀를 위해서도 또 나를 위해서도 말이다. 40년이 흐른 영아의 얼굴에 패인 깊은 주름과 흰머리, 나이를 속일 수 없는 걸음걸이를 바라보는 내 마음은 어쩐지 편치 않았다. 그래도 예전의 단아함과 고운 자태는 그대로 남아 있었다.

그녀가 보고 있는 곳. 이곳 14층에서 엘리베이터를 타고 내려가기가 민망했다. 별일 없었다는 듯 13층까지 한 계단을 내려왔다. 그대로 1층까지 순찰도 할 겸 걸어서 내려갈까 고민하다가 무리인 것 같아 그냥 13층에서 엘리베이터를 타고 내려가기로 마음먹었다. 걸어가기엔 무리였다. 낡아버린 저 기계처럼 내 인생도 최근 들어 자꾸 삐걱거리고 있었다.

"망할 놈의 여편네."

나는 혼자 중얼거렸다.

아내는 얼마 전 처형의 꼬임에 넘어가 노후를 준비한 재산 절반을 기획부동산에 날려버렸다. 그 대신 아내는 서류 봉투를 받아왔다. 서류 봉투 안에는 등기필증이 들어 있었고, 등기필증에는 제주도의 임야 한 필지를 매입한 것으로 되어 있었다. 소유주는 모두 17명, 그중 300평이 아내의 명의로 지분등기 되어 있었고, 매입가격은 일억 원이었다. 그 돈. 그 돈만 잃지 않았으면 벌써 그는 경비 일을 그만두고 부부끼리 여행이나 다니며 여유 있는 노후를 보내고 있을 터였다.

"아버님. 어머니가 아무래도 초기치매처럼 보여요."

며느리가 조심스럽게 내 눈치를 보며 말했다. 그때, 며느리에게 버럭 화부터 냈었다. 그러자 옆에 있던 아들이 화내지 말고 병원 진찰부터 받아보자고 권했다. 아내가 이상하다고 느낀 것은 처형의 꼬임에 넘어가 일억원을 날린 그 무렵이었다. 아내는 자꾸 무언가를 잊어버렸고, 나와 대화할 때도 불쑥 예전에 있었던 일을 자꾸만 반복했다. 또 가끔은 혼이 나간 사람처럼 엉뚱한 말을 혼자 중얼거리기도 했고, 가스레인지에 찌개를 올려놓은 뒤 멍하니 있다가 음식을 태우거나, 청소하면서 이유 없이 펑펑 울기도 했다. 그때까지만 해도 까짓것 별일이야 있으랴. 저러다가 곧 괜찮아지겠지 싶었다.

버튼을 눌렀다. 곧이어 엘리베이터가 작동하는 소리가 들리더니 쇠끼리 부딪친 듯 끼익 이빨 가는 소리가 났다. 그 소리를 듣자 온몸에 소름이 돋아, 나도 모르게 입술을 깨물고 고개를 옆으로 돌렸다. 이가 시린 것 같았다. 엘리베이터는 내가 있는 13층을 지나쳐 14층까지 올라갔다. 한참 후 다시 엘리베이터가 작동하며 내려오는 소리와 함께 끼익 소리가 길게 나며 13층에 멈췄다. 그러고는 여느 때와 다름없이 고개를 넘듯 한 박자씩을 쉬어가며 문이 열렸다. 그런데 엘리베이터 안에는 이미 한 사람이 타고 있었다. 멱살을 잡고 싶었던 놈. 그놈이었다. 놈을 보자 순간 나는 당황했다. 놈과 엘리베이터를 탄다는 생각을 한 번도 해 본 적이 없던 터였다. 쭈뼛쭈뼛 엘리베이터에 올랐다. 그리고 내 의지와는 상관없이 저절로 놈에게 머리가 수그러졌다.

'지랄하고.'

놈이 씨-익 웃었다. 교활한 놈. 나는 패배자가 되어 깊은 늪에 빠져버린 사람처럼 온몸에 힘이 빠졌다. 마음을 가다듬고 아무 일 없는 듯 태연하게 한쪽 구석으로 가서 섰다. 놈이 서 있는 맞은편이었다. 놈의 시선이 따갑게 느껴졌다. 내가 굳이 놈을 피할 필요까지야 있으랴. 놈이 닫힘 버튼을 누르자 열릴 때와 마찬가지로 예의 고개 넘는 흐름의 문이 젖 먹던 힘까지 짜내며 힘겹게 닫혔다. 나도 모르게 온몸에 힘이 들어갔다. 이제는 도어 개폐 장치까지 맛이 가려는가 보았다.

끼익, 덜컹, 드르륵거리며 엘리베이터가 아래로 내려가기 시작했다. 층별 표시가 13층에서 12층으로 바꿨다. 다시 11층으로 바뀌자 삐 소리가 나며 엘리베이터가 멈췄다. 그리고 대학생으로 보이는 청년이 올라탔다. 다시 문이 닫히고 엘리베이터가 움직이기 시작했다. 그리고 층별 표시가 10층으로 바뀌는 동시에 엘리베이터가 갑자기 심하게 휘청거렸다. 곧바로 엘리베이터 내에 설치된 손잡이를 잡고 몸을 낮추면서 청년에게 소리쳤다. 놈이야 어떻게 되던 무슨 상관이랴.

"청년! 몸을 낮춰. 손잡이도 잡고. 엘리베이터가 흔들릴 때는 자세를 낮추어야 해!"

청년은 얼른 자세를 낮추고 손잡이를 잡았다. 놈도 청년을 따라 했다. 오늘따라 유난히 카 몸체가 흔들렸다. 그동안 익숙해서 존재조차 희미했던 엘리베이터였다.

툭 소리가 나며 8층 버튼에 불이 들어왔다. 흔들리던 카 몸체가 별일 없었다는 듯 9층을 지나 8층에 다다르자 다시 삐 소리를 내며 엘리베이터가 멈췄다. 청년이 엘리베이터에서 내렸다. 엘리베이터 문이 닫히기 전 계단으로 뛰어 내려가는 청년의 모습이 시야에서 사라졌다. 나도 한때는 저 청년처럼 역동적으로 움직이던 시절이 있었다. 다시 그 시절로 돌아간다면 그땐 이제까지 살아온 삶과 달라졌을까?

영아. 그녀는 내가 군대 복무한 지 2년쯤 되었을 무렵, 읍내 돈이 많다는 놈과 선을 본 뒤 시집을 갔다. 그녀가 시집을 갔다는 소식은 군대에 먼저 다녀온 친구 재식이가 알려주었다. 제대한 후 복학을 하는 대신 돈을 벌어야겠다고 다짐했다. 없는 형편에 그나마 얼마 되지 않던 논 마지기를 팔아 대학을 마치고 싶지 않았다. 이웃에 사는 재식이는 집에서 키우던 몇 마리의 소와 논 마지기를 팔아 대학을 졸업한 뒤 무역회사에 취직했다. 그가 명절이면 고급 차를 뻔쩍이며 고향에 내려올 때면 마음 한구석 주눅이 드는 것은 어쩔 수 없었다.

놈이 나를 힐끗 쳐다보았다. 나도 놈을 힐끗 쳐다보았다. 그러나 서로 말은 없었다. 다시 문이 닫히고 카 문 위의 층별 표시가 7층으로 바꿨다. 다시 카 몸체가 심하게 휘청거렸다. 그 순간 끼익, 더럭더럭 요란한 소리를 내는가 싶더니 몸이 약하게 공중으로 솟구쳤다가 내려왔다. 순간 나는 중심을 잃고 왼쪽 팔을 카 벽에 부딪혔다. 그와 동시에 엘리베이터가 동작을 멈췄다. 갑자기 불안과 공포가 밀려왔다. 카 안의 사각 벽이 나를 향해 조여오는 듯한 그런 공포였다. 숨이 막혔다. 문득 그때 화난 듯 소리치던 13층 여자의 얼굴이 떠올랐다. 엘리베이터는 추락 방지 시스템이 이중 삼중으로 장치되어 있어 안전하며, 카 안은 공기도 통하고 숨이 막힐 일이 없다는 걸 알고 있었다. 하지만 심리적인 공포와 압박감 때문인지 아무튼 숨이 너무 막혔다. 다행히 크게 다친 곳은 없었다. 하지만, 왼쪽 팔이 조금 아렸다. 손잡이에 힘을 주지 않았으면 하마터면 이리저리 구르다가 놈과 부딪쳐서 크게 다쳤으리라. 놈도 어디에 부딪혔는지 팔꿈치를 잡고 고통스러운 듯 인상을 쓰고 있었다.

문득, 내가 몸에 멍이 들 때면 날달걀과 따뜻한 수건으로 멍을 풀어주던 아내의 얼굴이 떠올랐다. 하지만 그 얼굴도 잠시 기획부동산에 속아 날려버린 돈과 처형의 얼굴이 겹쳐지며 울컥 화가 치밀어 올랐다. 반면 영아는 어떤가. 그녀의 단아한 모습 뒤로 놈이 내게 유세를 떠는 것도 다 영아의 내조 덕분 아니겠는가.

얼른 몸을 가다듬고는 정신을 차렸다. 서둘러 엘리베이터가 고장이 난 사실을 알려야 한다. 경비실에는 지금 아무도 없고…. 비상벨을 눌렀다. 비상벨의 신호음이 느껴지지 않았다. 엘리베이터가 멈추면서 선로에 문제가 생긴 듯했다. 비상벨을 누르면 승강기 관리회사와 경비실에 동시에 신호가 가도록 연결되어있었다. 마지막 수단은 휴대전화밖에 없었다. 주머니에 있던 휴대전화기를 꺼내 관리사무소에 전화를 걸었다. 신호가 가다가 끊어지다가를 반복하며 잘 잡히지 않았다. 어린이용 발판에 올라서서 다시 전화를 걸었다. 그제야 신호가 제대로 갔는지 관리기사가 전화를 받았다. 경리가 외근을 간 모양이었다.

"이 기사, 내가 지금 엘리베이터에 갇혔어. 여기 105동 7, 8호 라인 7층이야."

이 기사는 내가 하는 말이 잘 안 들리는지 자꾸만 "여보세요. 말씀하세요." 몇 번을 그렇게 반복하더니 "장난전화가?" 하며 끝내 수화기를 내려놓았다. 나는 그가 정말 내가 있는 엘리베이터 안의 휴대전화의 신호음이 잡히지 않아 그렇게 말한 줄 알았다. 실제로 휴대전화 연결음이 엘리베이터 안에서는 자주 끊어지는 일이 많았으니까. 하지만, 그가 전화기를 내려놓으면서 하는 말이 똑똑히 내 귀에 들렸다.

"영감이 하다 하다 별걸 다하네. 이제 스스로 그만둘 때도 됐구먼."

이 기사의 짜증 소리가 수화기 너머로 들려왔다. 아마 수화기를 제대로 내려놓았다고 생각하고 뱉은 말 같았다. 순간 얼굴이 확 달아올랐다. 그리고 옆에 있던 놈과 눈이 마주쳤다. 놈은 묘한 미소를 지었다.

'저까짓게 뭔데 그런 말을 함부로 해. 관리소장도 가만히 있는데. 미친놈.'

갑자기 서러움이 밀려왔다. 안 그래도 나이가 많아 그만둬야 한다고 생각은 하고 있던 차였다. 이 기사. 저놈도 예전에 다니던 회사에서 쫓겨나 이 아파트로 흘러 들어온 주제에 그런 말을 함부로 뱉다니. 헛웃음이 나왔다.

일이 이쯤 되면, 이 기사가 엘리베이터 회사에 제때 신고해준다는 보장이 없었다. 신고를 바로 접수한다 해도 용역회사 직원이 아파트에 오는 시간은 최소 15분에서 20분 정도 걸린다. 이 기사는 '영감, 오늘 골탕 좀 먹어

봐라.' 하고 미적거리다가 20분쯤 지난 후 신고할 수도 있는 거였다. 어떤 이유든 그때까지 계속 서 있기는 무리였다. 갑자기 다리가 아팠다. 카 한쪽 구석에 있는 어린이용 발판이 눈에 띄었다. 내가 앉고 싶었지만, 웃으며 놈에게 앉으라고 권했다.

"한 20분쯤 기다려야 해요. 앉아있는 편이 좀 나을 겁니다."

나는 일부러 시간을 줄여 말했다. 놈은 내가 권하자마자 기다렸다는 듯이 그곳에 털썩 주저앉았다. 엘리베이터가 조금 흔들렸다. 놈의 오른쪽 엉덩이가 어린이용 발판 옆으로 툭 삐쳐서 나왔다. 나도 카 벽에 등을 기대고 바닥에 조심스럽게 앉았다. 등과 엉덩이에 서늘하고 차가운 느낌이 그대로 전해졌다. 놈이 나를 힐끗 쳐다보았다. 그런 놈의 시선을 피하려고 카 안을 찬찬히 둘러보았다. 낡은 회색빛 사각의 틀을 이루는 벽에 새겨진 음각 무늬와 그 벽면 한쪽에 낡은 회색빛 출입문이 군데군데 긁힌 채 바래져 있었다. 평소 순찰을 할 때나 경비실 CCTV로만 볼 때와는 느낌이 사뭇 달랐다. 출입문 옆에 있는 버튼은 미화원이 청소를 제대로 하지 않았는지 손때가 묻은 채 방치되어 있었다. 아마, 곧 교체될 엘리베이터라 신경을 쓰지 않은 듯 보였다. 많은 사람이 밟고 지나갔을 바닥은 원래의 색깔이 바래진 채 하얗게 패고 군데군데 검은색까지 드러나 있었다. 그런 와중에도 될 수 있으면 놈과 시선을 마주치지 않으려 했다. 그러다 보니 억지로 시선을 오른쪽으로 돌려야 했고, 왼쪽 목과 어깨가 뻐근해 왔다. 고개를 젖히고 주먹을 쥐어 어깨를 두드렸다. 조금 시원했다. 반대편 어깨도 두드리려는데 맞은편 상단의 승강기 검사표시증이 눈에 들어왔다. 검사표시증은 짙은 청색의 테두리에 옅은 노란색의 사각 모양이었고, 조건부 합격이라는 글자와 함께 하단에 선명하게 인쇄된 승강기관리원이라고 쓰여 있었다.

두 달 전, 승강기 안전관리원에서 아파트에서 운행되고 있는 모든 엘리베이터에 대해 정밀 안전 검사를 했었다. 승강기 안전 검사는 보통 1년에 한 번 하도록 법에 규정되어 있었으나, 이 아파트의 엘리베이터는 15년이 훨씬 지난 상태라 3년마다 정밀 안전 검사를 추가로 받아야 했다. 정밀 안전 검사를 하는 날, 그들은 낡은 엘리베이터 한 대에 무려 한 시간씩이나 꼼꼼히 점검했다. 그러고는 고개를 흔들었다.

"더는 운행할 수 없습니다. 교체할 때까지 조건부로 운행할 수 있도록 조치할 테니 빨리 교체하세요. 두어 달 시한을 드리겠습니다."

검사를 마친 승강기 안전관리원 직원이 그렇게 말했었다. 그나마 다행이었다. 불합격 판정을 받으면 그 즉시 엘리베이터를 운행할 수가 없었다. 조건부 합격은 주민들의 불편을 최대로 배려한 그들의 조치였다. 승강기 안전관리원에서 그렇게 판단한 이상 아파트로서도 더는 엘리베이터 교체 공사를 미룰 수 없었다.

그래서 시작한 공사였다. 101동부터 시작해 현재 105동 5, 6호 라인을 교체 중이었다. 다음 주 마지막 105동 7, 8호 라인 엘리베이터만 교체하면 아파트에 있는 모든 엘리베이터가 새것으로 교체되는 거였다. 엘리베이터 교체 공사를 하면서 주민들의 민원도 꽤 많았다. 공사를 하면서 발생하는 소음과 먼지는 물론, 계단을 걸어서 오르는 게 너무 불편하다는 민원이 다수 접수되었다. 어쩔 수 없는 일이었다.

멈춰 버린 이 낡은 엘리베이터와 다르게 새로 교체한 엘리베이터는 그 때깔부터 달랐다. 쾌적함이라고 해야 할까. 승차감이 좋다고 해야 할까. 낡은 아파트와 달리 어딘가 괴리감이 느껴지는 그런 고급스러움이었다. 아무튼 화려한 황금색 빛깔에다가 소음도 없고 문도 부드럽게 열리고 닫혔다. 주민들이 제일 좋아하는 것은 오르고 내릴 때 지루하지 않고 속도가 빠르다는 것이었다.

언제부턴가 아침 교대 시간이 버겁게 느껴졌다. 무릎만이 아니라 온몸 구석구석이 아팠다. 내가 경비원으로 처음 왔을 때 아파트는 십오 년이 지나 있었고, 내가 십 이 년이나 일했으니 아파트도 자신처럼 늙었다고 말할 수 있었다.

가만, 이 엘리베이터가 몇 층에 서 있었더라. 아! 참. 7층과 6층 사이에 있지. 7층이라. 707호는 아흔의 나이를 넘긴 부모님과 칠순 아들이 사는 집이다. 깡마른 몸에 사는 게 버거운 표정의 아들과 해골 같은 얼굴의 구순을 바라보는 노인이 살고 있었다. 노인은 엘리베이터 타는 것도 버거운지 온종일 집에만 있었다. 707호를 방문하는 사람은 일주일에 두어 번 다녀가는 요양보호사밖에 없었다. 나도 12년을 근무했지만 707호에는 딱 한 번, 그것도 밤중에 화재경보기가 울리는 바람에 그 집을 방문한 적이 있었다. 그날은 당직을 서는 기사가 잠시 자리를 비운 때였다. 707호의 현관에 들어서자마자 서늘한 죽음의 냄새가 났다.

그리고 옆집엔 문제의 인물. 미치광이 708호···. 708호를 생각하다 고개를 흔들었다. 그는 아파트에 있는 그 누구도 상대하지 못하는 사람이었다. 그는 50이 넘은 나이에 결혼도 하지 않고 나와 비슷한 나이의 노모를 모시고 살고 있었다.

카 내부에 CCTV가 없던 시절. 내가 이 아파트에 근무한 지 한 일 년쯤 되었을 무렵이었다. 저녁을 먹고 104동 쪽을 순찰하던 중이었다. 막 3, 4호 라인을 지났을 무렵, 5층쯤이라고 생각되는 곳에서 "으악" 하는 겁에 질린 젊은 여자의 비명이 들렸다. 여자는 바삐 계단을 뛰어 내려오면서도 계속 소리치고 있었다. 나는 서둘러 여자가 있는 쪽으로 달려갔다. 여자는 20살쯤 되어 보이는 앳된 얼굴이었다. 여자가 경비복을 입은 나와 맞닥뜨리자마자 안심이 되었는지 와락 울음을 터트렸다. 울고 있는 여자를 부축해 경비실에 데려왔다. 여자는 경비실에 와서도 한참이나 부들부들 떨고 있었다. 그녀는 1204호에 사는 대학생이라고 했다. 문제의 708호. 그 남자가 자신을 어디론가 끌고 가려고 했다는 것이다. 때마침 5층 아주머니가 엘리베이터를 타려던 덕분에 엘리베이터는 5층에 멈추었고, 그녀는 위험에서 벗어날 수 있었던 모양이었다.

"아저씨 우리 엄마한테 연락 좀 해주실래요?"

여학생은 울먹이며 말했다. 그 일이 있고 한동안 아파트에서는 여자 혼자서 엘리베이터 타는 것을 두려워했다. 그래서 혼자 엘리베이터를 탈 때면 경비원이 엘리베이터 입구까지 동행했었다. 그 후로 치안 문제는 엘리베이터 안에 CCTV를 설치하면서 자연히 해결되었다.

　너무 시간이 더디게 흘렀다. 경비실에서 CCTV 화면을 보며 흘려보낸 시간과 내가 엘리베이터에 갇혀 구조를 기다리는 시간은 너무 달랐다. 놈이 불편한 자세로 쪼그리고 앉아서일까? 엉덩이를 기댄 쪽의 다리에 피가 통하지 않아서 저런 모양이었다. 더 앉아있기가 불편했는지 놈은 어린이용 디딤판에서 일어났다. 그리고 다리를 폈다 오므리기를 반복했다. 그러다가 놈은 앉았던 반대편 구석으로 조심스럽게 한 발짝 내디뎠다. 카 몸체가 조금 흔들렸다. 별일 없겠다 싶었는지 놈이 몸을 이리저리 움직였다. 놈이 몸을 움직일 때마다 카 몸체가 제법 심하게 흔들렸다. 그때마다 엘리베이터의 로프가 끊어지는 영화의 한 장면이 떠올라 불안했다. 조회 시간 관리소장은 엘리베이터는 이중 삼중으로 안전장치가 되어 있어 추락하는 사고는 거의 없다고 교육했었다. 그러나 만일이라는 전제 조건이 있고 백에 하나라도 예외의 사정이 있지 않은가.

　물론 다른 경우긴 하지만 1408호로 놈이 이사 오기 전 살았던 주민. 그 댁의 남편도 엘리베이터 사고로 죽었다. 그가 회사에서 부장으로 승진을 한 날이었다. 회사 사람들을 불러 식사를 마련한 자리였다. 모임에 술이 빠질 수 없었고, 술에 취한 동료끼리 시비가 붙은 모양이었다.

1408호 남편이 동료를 말리다가 도어가 안쪽으로 밀리면서 그들은 그만 둘다 승강로로 떨어진 사고였다. 엘리베이터는 움직이는 카 자체의 도어와 승강장 도어 이중 구조로 설치되어 있었다. 그때 엘리베이터는 15층에 있었다. 119가 와서 그들의 시신을 수습했을 때는 그들은 이 세상 사람이 아니었다. 승강로로 떨어진 그들의 핏자국을 상상하며 한동안 주민들은 엘리베이터 타기를 꺼렸었다.

"평생 구두쇠처럼 벌벌 떨면서 그리 살고 싶어요? 그리 살면 옆에 누가 남아."

아내는 눈을 흘기면서 쯧쯧 혀를 찼다. 자신에게 야박하면 되지 자식에게까지 그렇게 구두쇠로 살아야겠냐고 따졌다. 그러면서 요즘 물가가 얼마나 올랐는데 내가 주는 한 달 생활비론 어림도 없다며, "나도 이제 사람 노릇 좀 하고 삽시다." 하고 어깃장을 놓았다. 그럴 때마다 나는 아내가 세상 물정 몰라서 하는 소리로만 여겼다.

"나도 이젠 내 뜻대로 한번 살아보고 싶어요."

그 무렵 아내의 넋두리는 예전과 달랐다. 예전 같으면 나의 큰소리 한마디에 모든 일이 평정되었다. 그러나 최근 아내는 한마디도 지지 않고 내게 맞섰다. 달래도 보고, 얼러도 보았다. 이놈에 여편네가 씨알도 먹히지 않았다. 누군 하고 싶은 게 없는 줄 아나. 지금 아껴야 노후도 있는 게 아닌가 말이다.

어디서 퀴퀴한 냄새가 났다. 내 눈길이 놈이 엘리베이
터에 탈 때 들고 있었던 쓰레기봉투에 눈길이 머물렀다.
쓰레기봉투는 엘리베이터가 휘청거릴 때부터 놈의 손에
서 떨어져 이리저리 구르다가 지금은 한쪽 구석에 널브러
져 있었다. 나는 인상을 찌푸렸다. 하지만 놈에게 그 모습
을 들키지 않으려고 얼른 고개를 돌렸다. 카 바닥에는 쓰
레기봉투에서 떨어진 종이가 찢어진 채 서너 장 카 바닥
에 흩어져 있었다. 찢어진 종이는 사진처럼 보였다. 내 눈
길이 사진에 고정되었다. 순간 나는 온몸이 굳었다. 사진
속의 인물은 놀랍게도 군대에 가기 전 내 사진이었다. 놈
이 내 눈치를 보며 얼른 사진을 주워 쓰레기봉투에 구겨
넣었다.

그때 계단에서 여러 사람이 웅성거리는 소리가 들렸
다. 엘리베이터 용역직원이 온 모양이었다. 그가 오자 나
는 안도의 한숨을 내 쉬었다. 주민들이 직원을 보고 우
리 통로는 왜, 빨리 공사를 안 해주느냐고 소리를 치고
있었다.

"저는 직원이라 모릅니다."

젊은 목소리의 남자는 퉁명스럽게 한마디를 뱉었다. 그
러고는 주민들이 뭐라고 하던지 신경을 쓰지 않았다. 스

물대여섯 살쯤의 여드름 자국이 군데군데 남아 있는 앳된 얼굴의 나도 잘 아는 청년이었다.

"조금만 기다리세요. 먼저 기계실에 올라가서 확인하고 다시 오겠습니다."

그가 엘리베이터 안에 갇혀 있는 우리에게 소리쳤다. 그리고 이내 발소리가 점점 약해지더니 멀어져갔다. 그리곤 채 오 분이 되지 않은 것 같았다. 엘리베이터가 다시 아래로 내려가기 시작했다. 끼익, 더럭더럭 엘리베이터가 움직이는 소리만 들어도 힘에 겨웠다.

6층, 5층, 4층 힘겹게 내려가던 엘리베이터가 끼익 끼익 끼익, 여러 번 굉음을 내며 다시 멈췄다. 나는 또다시 조여오는 압박감을 느꼈지만, 직원이 아파트에 있다는 사실에 마음이 놓였다. 한참을 지나자 그는 우리가 있는 곳으로 다시 왔다. 그리고 승강 도어와 카 도어를 강제로 열어 손을 내밀었다. 엘리베이터는 3층과 4층 사이에서 멈춰선 모양이었다. 열린 문틈 사이로 계단 참이 보였고, 숫자가 4층/3층이라 쓰여 있었다. 그가 아래에 있는 우리를 내려다보며 말했다.

"머리를 부딪칠지 모르니 조심하세요."

직원이 절반쯤 보이는 틈으로 손을 내밀어 우리보고 올라오라고 하고 있었다. 한 손을 올려보니 겨우 바닥에 손이 닿았다. 어린이용 발판에 발을 딛고 올라가면 될듯했다. 놈에게 먼저 올라가라고 했다. 놈이 한 치의 망설임도 없이 고개를 끄덕였다. 우라질 놈. 놈은 사양이라는 단어도 모르나 보았다. 놈이 내 허벅지를 밟고 올라가기 쉽도록 다리를 밀어주었다. 놈은 온몸을 이리저리 비틀더니 낑낑대며 올라갔다. 놈이 거의 다 올라갔다 싶었을 때, 놈이 갑자기 발로 내 얼굴을 걷어찼다. 나는 외마디 비명을 질렀다.

"어이쿠. 이거 미안합니다. 제가 중심을 잃어서 그만."

사과하는 놈의 표정에 묻어나는 그 고소한 웃음. 어쩔 것인가. 놈이 완전히 올라선 걸 확인한 직원이 나에게 손을 뻗었다. 나는 그의 손을 잡고 어린이용 발판에 올라서서 간신히 4층 바닥에 한 손을 짚었다. 그러고는 있는 힘을 다해 꾸역꾸역 올라왔다. 직원이 내가 올라오기 쉽도록 함께 끌어 주었다. 놈은 멀찍이 내가 올라오는 것을 바라만 보고 있었다. 내가 엘리베이터에서 빠져나오자 직원이 말했다.

"이 엘리베이터는 운행할 수 없다고 사무실에 보고할게요."

그는 기계실 메인 제어 시스템이 고장이며 수리로는 불가능하다고 했다. 결국, 이 낡은 엘리베이터는 영영 버려져 고철로서의 값어치밖에 안 되는 모양이었다. 서글펐다. 한숨을 쉬며 고개를 옆으로 돌렸다. 통로에 붙은 거울 속에서 경비 모자 밑으로 쑥 삐져나온 흰머리가 유난히 하얗게 보였다. 그리고 놈에게 걷어차인 얼굴 한쪽이 벌겋게 자국이 남아 있었다. 이제 나도 더 늙어 버려질 고철이 되기 전에 내 자리를 찾아야지. 싶었다.

아내의 치매는 하루가 다르게 심해져 갔다. 입을 옷도 상의인지 하의인지 구별하지 못했고, 밖에 나가면 집도 제대로 찾아오지 못했다. 그런 날은 온 식구가 아내를 찾아 나섰고. 지칠 때쯤 파출소에서 연락이 왔다. 결국, 아내는 치매에 걸리고서야 소원하던 부엌에서 벗어날 수 있었다.

놈과 나는 4층에서 1층까지 함께 계단을 걸어서 내려왔다. 계단을 내려오면서 놈도 나도 두 번이나 발을 헛디뎌 넘어질 뻔했다. 놈이 갑자기 해탈한 듯 웃었다.

"허허. 허."

그리고 나를 보았다. 나도 그를 보며 웃었다.

"이런."

이제 무릎마저 마음대로 움직여 주질 않았다. 놈도 아마 그럴 것이다.

놈은 이미 편안해 보이는 얼굴을 하고 있었다. 경비? 고개를 흔들었다. 아들과 딸? 고개를 갸우뚱했다. 그럼 뭘까? 그러다가 문득 아내의 얼굴이 떠올랐다. 그제야 고개를 끄떡였다. 그리고 슬며시 입가에 미소를 지었다.

오늘 저녁은 밥맛이 좋을 것 같았다.

그날
쓰디쓴 커피 맛

집배원이 서류 봉투를 하나 건넸다. 구청에서 온 공문이었다. 세진은 빠르게 봉투를 뜯어 내용을 읽어 내려갔다. 소방도로 공사를 보류하라는 내용이었다.

설마 싶었던 일이 현실이 되어버렸다. 인근 단독주택 주민들이 반대할 줄은 예상했었지만 이렇게까지 나오리라고는 생각하지 못했다. 그들은 L 공사로부터 보상을 더 받기 위해 인명에 해가 갈 수 있는 소방도로 개설까지 볼모로 잡고 나섰다. 소방도로가 개설되면 소화 구역의 사각지대가 생기지 않아 서로 좋은 일인데, 사소한 개인의 욕심을 채우려고 억지를 부리고 있는 그들이 세진은 이해되지 않았다.

아파트에 소방도로 문제가 불거진 것은 3년 전의 일이었다. 황사 현상이 심한 4월 초쯤이었다. 그날 아침 3년마다 실시하는 아파트 전기 설비 정기 검사를 막 마치고 기계실에서 나오고 있는데 9층에서 연기가 났다. 확인해 보니 907호였다.

"제기랄, 또 누가?"

세진의 입에서 푸념부터 나왔다. 곰국을 끓인다고 가스레인지에 불을 켜 놓고 운동하러 나간 모양이었다. 해마다 봄철이면 한두 번은 겪는 일이었지만, 이럴 때면 집주인의 정신 상태가 이해되지 않아서 발을 구르곤 한다. 서둘러 그 집 라인으로 이어지는 메인 도시가스 밸브를 잠그고 혹시나 하는 마음에 소방서와 도시가스 회사에 상황을 알렸다. 그러고는 907호를 향해 달려갔다. 계단참에 설치된 소화기를 들고 벨을 눌렀으나 예상했던 대로 집에는 아무도 없었다. 경비원 김 씨가 달려왔다. 집주인에게는 휴대전화로 사실을 알렸다고 했다. 방법이 없었다. 도시가스 메인밸브를 잠갔기에 더 큰 일은 일어나지 않으리라 생각되었다. 1층으로 내려와서 보니 연기가 잦아들었다.

세진은 길게 안도의 한숨을 내쉬며 관리사무소로 돌아왔다.

그제야 멀리서 소방차 사이렌 소리가 들렸다. 그러나 웬걸 곧 도착하리라 생각했던 소방차는 사이렌이 울리고도 벌써 15분이 지났는데 소리만 요란할 뿐 도착하지 않고 있었다. 아파트로 오는 길에 주차된 차량으로 길이 막혀 진입이 어려운 모양이었다.

창밖으로 907호 아주머니가 달려오는 모습이 보였다. 뒷산에서 운동하다가 급하게 달려왔는지 가쁜 숨을 헐떡거리고 있었다. 경비원 김 씨가 그녀에게 "가스레인지에 불을 켜 놓고 집을 비우면 어떻게 해요?"라고 소리치는 모습이 보였다. 아주머니는 죄송하다면서 연신 고개를 숙이며 엘리베이터를 향해 걸어갔다. 세진은 도시가스 밸브를 다시 개방 상태로 열어 두고는 자리에 앉았다. 소방차는 그제야 요란한 소리를 내면서 도착했다.

이 사건을 계기로 주민대표들이 소방도로 개설에 대한 자체 의견을 모았다. 그리고 구청을 찾아가서 소방도로를 개설해 달라고 민원을 제기했다. 구청에서는 처음에는 별 반응을 보이지 않더니 여러 차례 민원을 제기하고 항의성 의사를 밝히자 그다음 해에 예산을 마련하여 공사를 시작했다.

순조롭게 이루어지던 공사는 아파트 앞 단독주택에 사는 황 노인 집 앞에서 멈추었다. 황 노인은 구청에서 아무리 노인을 설득해도 자신이 죽기 전에는 길을 낼 수 없다고 버텼다. 황 노인 집은 쓰러져가는 슬레이트 지붕에 벽에는 여러 개의 균열로 금방이라도 무너질 것 같았고, 단지를 놓아둔 장독대에는 이끼가 끼어 사용을 거의 하지 않은 상태였지만 노인은 한사코 땅을 내주지 않았다. 주변 사람들의 말로는 아들이 한 명 있는데, 아들과도 거의 왕래가 없는 모양이었다. 말이 통하지 않는 황 노인을 대신해 황 노인 아들의 도움을 받아 설득하는 방법도 어려웠다. 결국, 소방도로는 아파트까지 오지 못하고 그 상태로 어린이놀이터 인근 담장에서 중단된 채 1년이 넘는 기간 동안 그대로 방치되어 있었다.

바로 그 무렵, 국책 사업으로 아파트 바로 옆에 있는 산을 깎아 대규모 택지를 개발한다는 소식이 들려왔다.

그리고 얼마 지나지 않아서 공사가 시작되었다. 어느 날 갑자기 울창하던 숲의 나무들이 하나둘 베어져 나갔다. 누군가는 아까운 도시 심장부의 귀한 환경이 파괴된다고 한탄하기도 했다.

아파트 주민들은 이때다 싶어 구청으로 찾아가 소방도로를 개설해 달라고 요구했다. 구청에서는 황 노인의 문제를 이야기하며 준비된 예산이 없어서 안 된다고 거부했다.

아파트 측에서는 이 기회를 놓쳐서는 안 되는 일이었다. 때를 맞추어서 대책위원회를 만들었다. 영혜는 아파트 회장이라 당연직이고, 아파트 총무 원호와 대책위원으로 민호, 예전에 회사 부장을 지냈다는 505호 남자와 아파트 통장 진애, 이렇게 다섯 명이었다. 나머지 보조적인 일은 각 반 반장들이 뒤에서 지원해 주기로 했다.

그들은 세진에게 이번 일을 도와 달라고 간청했다. 그들은 염치없이 업무 외적인 일을 부탁하고 있었다. 그것도 아무런 대가도 없이 말이다. 세진은 주민들끼리 우선 문제를 해결하고, 해결하기 어려운 부분이 있으면 그때 도와주겠노라고 말했다. 그들의 얼굴이 일그러졌다. 도와주지 않을 거면 관리소장직을 그만두라고 했다. 어쩔 수 없이 세진은 아파트 주민들의 사무적인 일을 맡아서 처리해 주기로 했다.

L 공사팀과 협상을 시작했으나, 협상은 여의치 않았다.

주민들의 의견은 제각각이었다. 주민 중에서 단체 보상을 반대하고 개인 보상을 해달라는 사람들이 많았다. 건설회사는 그것을 교묘히 이용했다. 반장들을 통해 전해 들은 주민들의 요구안은 정말 기가 막혔다. 여름에 문을 못 연다고 집마다 에어컨을 설치해 달라고 요구하고, 공사 소음으로 잠을 못 자니 모텔에서 자야 한다고 모텔비를 달라고 강요했다. 누가 봐도 들어 줄 수 없는 요구 사항이었다.

공사 측은 그들대로 소음과 분진은 법적인 테두리를 지키면서 공사하고 있다고 주장했다. 그러면서 주민들에게 소음과 분진의 피해가 크지 않을 거라고 증거를 요구했다. 그들은 공사 현장마다 늘 있는 일로 여기는 듯 여유를 부렸다. 그들은 주민들의 민원을 대수롭지 않게 생각하는 듯했다.

산전수전 다 겪은 공기업과 싸우기 위해선 피해 상황을 보다 구체적으로 제시하고 주민들의 요구 사항을 좀 더 객관화시켜야 했다.

세진은 고심 끝에 아파트에 가장 필요한 공용 부분 위주로 요구안을 정리하고 주민들의 의견을 물었다. 과반이 동의해 주었다. 지금 상태로는 토목공사의 소음, 분진피해 입증이 어려웠다. 공사가 좀 더 진척될 때까지 기다렸다.

예고도 없는 발파 작업이 시작되었다. 천지를 가르는 소리에 주민들은 하루에도 몇 번씩 가슴을 쓸어내려야 할 정도로 발파 작업은 소음의 강도가 세었다. 세진은 소음측정기를 마련하여 시간대별로 소음을 측정했다. 그러고는 관공서와 L 공사 측에 소음과 분진의 피해에 관한 공문을 보냈다. 그제야 그들은 아파트 측에 만나서 이야기하자고 연락해왔다.

대책위원회에서는 이번 기회에 아파트의 숙원 사업인 소방도로 개설과 만성적인 주차난을 해결할 수 있는 주차장 확충을 협상안에 연계시키기로 결의했다.

본격적인 협상이 진행되었다. 민호가 이상하게 행동한 것은 이때부터였다. 아파트 입장에서 누구보다 앞장서 나서야 할 사람이 주요 사안마다 말꼬리를 흐리거나 대다수 사람과 반대되는 의견을 제시했다.

"그들과 싸우는 것은 계란으로 바위 치기다."라고 말하는가 하면, "주민들이 무모하고 너무 욕심을 많이 낸다."라고 말하기도 했다. 또 "L 공사팀에서 이제까지 보상해 준 역사가 없다."라고도 덧붙였다.

그는 회의 때마다 이런 말로 초를 치고 나섰다. 그 무렵 그가 L 공사 팀과 술자리나 식사 자리를 하고 있다는 주민들의 제보가 들어오기 시작했다.

"우리 측 정보를 L 공사팀이 알고 있다고 봐야겠지요?"

영혜가 한숨을 내 쉬었다.

"일단 중요한 사안은 민호 씨를 빼고 처리해야겠어요."

영혜는 결심한 듯 굳은 얼굴로 말했다. 그러고는 원호와 진애, 그리고 505호 남자를 불러 사정을 이야기하고 앞으로 중요한 결정을 내릴 때는 민호를 빼겠다고 공식적으로 선언했다.

민호는 불같이 화를 내면서 어디 두고 보자고 씩씩거렸다. 그는 거기서 그치지 않고 관리사무실로 찾아와 회장인 영혜에게 따져야 할 일을 세진에게 따지며 분풀이했다.

"현 회장의 임기가 7개월도 안 남았으니 알아서 잘 판단하세요. 관리소장 자리가 늘 자기 자리라고 생각하시면 오산입니다."

노골적인 협박이었다. 자신이 차기 입주자대표회장에 출마할 테니 미리 알아서 기라는 경고였다. 세진은 그런 그를 물끄러미 바라보았다. 그와 맞붙어 말싸움을 해봤자 이익이 될 게 없을 것 같아서 가만히 있었다. 그는 먹이를 맛본 짐승처럼 이미 눈이 뒤집혀 있었다.

발파 작업이 계속되고 있었다. 공사 측에서 미리 발파 작업을 예고하여 대비하고 있었지만, 세진도 막상 발파가 진행되면 그 소리에 심장이 내려앉는 것 같았다. 그만큼 폭약의 강도는 셌다. 공사 측은 암반이 두껍게 자리 잡고 있어서 웬만한 폭약으로는 감당이 안 된다고 말했다. 주민들의 민원이 짜증에서 폭발 직전까지 치솟았다. 대책위원회로서는 L 공사에 대응할 내용을 좀 더 구체적으로 준비할 좋은 기회였다.

주민들 개개인이 구청이나 공사 측에 민원을 제기하고 대자보를 붙였다. 그와 동시에 사람들을 모아 L 공사 현장사무소를 방문해 항의했다. 그들은 우리 일행을 회의실로 안내하며 차와 다과를 내놓고 정중하게 자리까지 권했다. 자리에 앉아 주위를 둘러보니 비록 현장 사정상 조립식 건물로 지었지만 비교적 깔끔하고 정갈했다.

주민들은 아파트에서는 공사 팀에게 큰일이라도 낼 것처럼 야단법석이더니 막상 협상 테이블에 앉으니 꿀 먹은 벙어리처럼 가만히 있었다. 눈치를 보며 세진이 나섰다.

"소음이 공사 기준치인 60데시벨이 넘어서 거의 100데시벨이 다 되어 갑니다. 분진은 이미 말할 정도를 넘어섰고요. 자료는 충분히 준비되어 있습니다. 언론사에 공개할까 하다가 그냥 들고 왔어요. 아파트 주민들의 요구안을 수용하시는 것 말고는 피해 갈 방법이 없습니다."

L 공사 측에서도 사태의 심각성을 알고 있는 듯했다. 팀장은 나지막하게 들릴 듯 말 듯 "그럴 수 있지." 하고 고개를 가만가만 끄덕였다.

대화의 물꼬를 트자 주민들은 너도나도 한마디씩 했다. 야근하고 집에 와서 자려고 하면 폭파 소리에 놀라 불면증에 걸릴 것 같다고 말하는가 하면, 청소하고 돌아서면 방 안까지 들어온 푸석푸석한 먼지 때문에 기관지염에 걸린 사람도 한둘이 아니라고 한마디씩 항의했다.

"뭐라 뭐라 해도 임산부와 갓난아기가 겪는 고통이 이만저만이 아닙니다. 이대로 가다가 임부가 유산이라도 하면 어쩌려고 그럽니까?"

L 공사 팀장의 표정이 굳어졌다. 그들은 자기들끼리 눈빛을 주고받았다. 그러더니 미리 준비해 둔 답안지를 꺼내듯 아파트 측에서 제시한 요구안을 들어 주겠다는 답을 내놓았다. 소방도로는 아파트 안을 그대로 수용키로 했고, 주차장 면적 확보를 위한 기존 어린이놀이터 면적 축소 문제는 구청의 허가 문제가 있어 주민들이 허가를 받으면 공사를 해주겠다고 했다.

우리 일행 모두가 놀랐다. 의외의 결과였다. 이렇게 일이 빨리 해결되리라고는 아무도 예상을 하지 못했다. 그 순간 세진은 영혜와 눈빛을 마주쳤다. 세진은 기회를 놓치지 않고 L 공사팀에게 구두로는 서로가 안심할 수 없으니 각서를 써 달라고 요구했다. L 공사팀은 각서는 본사에 보고를 올려서 허락을 받아야 할 사안이라면서 본사에서 결론이 나면 바로 관리사무소로 연락해 주겠다고 대답했다.

아파트 관리사무소로 돌아오고 나서 세진은 그동안의 긴장이 풀린 탓이었는지 피로가 몰려왔다. 습관대로 커피포트에 물을 붓고는 스위치를 켰다.

세진은 생각했다.

'지금부터가 중요해. L 공사가 요구안을 수용했지만, 단체 협상안에 반대하는 사람들을 설득하고, 구청의 허가

를 받지 못하면 그동안의 노력은 수포가 되고 말 거야.'

이제 겨우 한고비를 넘겼을 뿐, 일은 아직도 산 넘어 산
이었다.

이틀이 지나고 반장까지 참석하는 제법 큰 규모의 회의
를 열었다. 그 자리에서 지금까지 L 공사와 가진 협상 진
행 과정과 결과 자료를 편집해서 주민들에게 나누어주었
고, 주민들 협조 사항과 앞으로 구청의 허가 여하에 따라
소방도로와 주차장 확충안이 달라질 수 있다는 사실도
함께 알렸다. 다행히 다수의 주민이 쉽게 수긍하고 일을
세진에게 위임해 주었다.

쇠뿔도 단김에 빼라고 그날 바로 구청 담당자를 찾
아갔다.

영혜가 먼저 나섰다.

"마무리하지 못한 소방도로는 L 공사가 공사를 해주기
로 했으니 구청에서는 비탈 쪽 토지 일부를 사용할 수 있
도록 허락만 해주시면 됩니다. 소방차가 아파트 안에까지
진입할 수 있도록 말입니다."

"구청 소유의 토지를 함부로 사용할 수는 없습니다. 그
토지를 아파트에서 매입해서 사용하셔야 합니다."

담당자의 말은 이미 정해져 있었다. 어이가 없었다. 주
민들의 안전을 위해 구청에서 토지를 매입해서라도 소방

도로를 연결해 주어야 할 일인데도 말이다. 더군다나 결코 적은 액수의 돈이 아닌데 공적 공사에 필요한 부지를 입주민이 사서 하라니, 이치에 맞지 않는 말이었다. 의논해 보겠다든지, 아니면 고려해 보겠다는 답변이 나와야 옳을 것 같은데, 그처럼 성의 없는 답변을 듣고 세진은 맥이 탁 풀렸다. 그렇다고 이대로 물러서는 것은 일을 시작하지 않은 것보다 못한 결과가 될 것이고, 결국 그 화살이 자신에게 쏟아질지도 모르는 일이었기 때문에 일을 어떻게든 밀어붙일 수밖에 없는 처지였다.

아파트 피해 보상은 택지개발공사 진행과 시간을 다투는 일이었다. 택지 공사가 거의 마무리되면 피해 입증이 어려워 보상을 요구하기 까다로워진다. 법적으로 처리하면 되겠지만 그렇게 되면 시간과 비용이 너무 많이 들었다.

선거를 앞둔 구청장을 만나서 사정해 보기로 마음먹었다. 담당 직원이나 담당 과장에게는 이야기하지 않았다. 미리 변명거리를 준비해서 다른 말을 하면 곤란했기 때문이다. 대책위원과 통장이 함께 구청장을 찾아갔다. 훤칠한 키에 서글서글한 눈매까지 갖춘 구청장은 그날따라 더 친절하게 주민들을 대했다. 통장 일을 맡아 구청과의 왕래가 잦은 진애가 나섰다.

"청장님, 우리 아파트는요, 준공한 지 30년이 다 되어서 주차장도 부족하고 주변 단독주택 주차난 때문에 불이 나도 소방차가 오지 못합니다."

그녀는 한껏 애교가 섞인 목소리로 말을 꺼냈다. 평소 차갑게만 느껴지던 그녀에게 저런 면이 있었나 싶을 정도로 딴 모습에 세진은 놀랐다. 서당 개 3년이면 풍월을 읊는다더니 통장 3년에 화술의 기교를 부렸다.

"우리도 주민입니다. 보호받을 권리는 있는 거죠?"

조금 전의 애교와는 다르게 그녀의 어투가 날카로워졌다.

"그런 곳이 있습니까? 그곳이 어디라고 했죠?"

구청장은 담당 과장을 청장실로 불렀다. 그는 청장실에 있는 우리를 보고 흠칫 놀랐으나 이내 단독주택의 좁은 도로 상황과 주차난, 황 노인의 보상 거절로 소방도로 개설사업이 중단된 사실과 아파트 측에서 구청의 토지 일부를 사용하겠다고 요청한 사실도 함께 구청장에게 보고했다.

구청장은 한참 골똘히 생각하더니 "내가 직접 현장에 가 봐야겠어요." 하고 담당 과장을 바라보면서 자리에서 일어섰다.

아파트 측에서 새로 마련한 소방도로 노선 변경안은

공사 진행의 결정적 장애가 되는 황 노인의 집을 거치지 않고 어린이놀이터에서 바로 아파트 안으로 들어오도록 설계되어 있었다. 더군다나 구청 토지는 흔히 사용할 수 없는 경사면이어서 구청으로서도 크게 부담되는 일은 아니었다.

구청장은 아파트 현장을 방문하고는 흔쾌히 해결해 주겠다고 말했다. 대동한 담당 과장에게 절차를 마련하여 빨리 일을 처리하라고 지시했다.

"내일 구청으로 오십시오."

담당 과장이 조용히 말했다. 고맙게도 그는 주차장 확충하는 방법과 준비할 서류들, 그리고 구청 보조금까지 상세히 세진에게 설명해 주었다.

그렇게 마무리되는 줄 알았다. 그러나 일은 엉뚱한 곳에서 문제가 생겼다.

세진이 필요한 서류를 준비해서 안전진단을 받아 구청에 허가를 받은 후 L 공사가 소방도로 공사를 시작하고 나서였다. 인근 단독주택 주민들이 벌 떼처럼 민원을 제기했다. 그때 민호가 지나가면서 씨익 웃어 보였다. 그 웃음이 마치 일에 어떤 음모가 있는 것 같았다. 세진은 소름이 돋았다.

단독주택 주민들은 이미 L 공사 직원의 얼굴을 알고 있었다. 그들 역시 혁신도시 공사팀에 소음과 분진에 대한 민원을 제기하였으나 공사 측에서 요리조리 피해 가자 화가 난 상태였다. 그에 대한 분풀이를 이번 소방도로 공사에 민원을 제기하여 어떻게 해서든 보상을 받아내기로 작정하고 있었다.

"구청에서 소방도로 토지도 제공한다지요?"

단독주택 주민 중 한 명이 불쑥 말했다.

놀라운 일이었다. 아파트 주민들에게도 아직 상세하게 알리지 않은 내용을 그들이 먼저 알고 있었다. 공사가 시작되면 자연히 알게 될 일이었지만, 착공도 하기 전에 단독주택 주민들이 알고 먼저 선수를 치고 나온 것이 문제였다. 그날 회의에 참여했던 사람은 영혜, 원호, 진애, 그리고 관리소장 세진, 이렇게 네 명밖에 모르는 일이 어떻게 그렇게 빨리 단독주택 주민들에게 알려졌느냐는 것이었다.

비상대책회의를 연 후에 인근 단독주택 주민들을 찾아가 양해를 얻기로 했다. 소방도로가 없던 곳에 소방도로가 생기면 서로 편리하고, 화재가 발생했을 때 인명을 구하는 일인데 왜 반대하느냐고 설득했다.

"우리는 소방도로고 뭐고 다 필요 없어요. 이제까지 이렇게 살았는데 뭐 새삼스럽게 난립니까."

단독주택을 담당하는 통장은 일행을 막아서며 말했다. 그들은 공익이고 뭐고 아무 생각이 없는 듯해 보였으나 사실은 다른 계략이 숨어 있었다.

"그놈들은 왜 당신네 아파트만 보상해줍니까? 우리가 요구한 보상도 해줘야지요. 우리 요구를 받아들이기 전에 는, 이 공사 어림도 없습니다. 바닥에 엎어져서라도 착공 을 막아내야 합니다."

그들은 막무가내였다. 마침 밀양 송전탑 설치 문제를 놓고 세상이 시끄럽던 때였다. 그 일에는 순진한 산골 할 머니들을 사생결단 투사로 만들어 조종하는 배후 세력이 있다는 것을 아는 사람은 다 아는 일이었는데, 이곳 주민 들도 언론을 통한 학습 효과랄까, 그런 것으로 일단 막고 떠들어대면, 구청이나 공사 측에서 보상해 주리라 계산하 고 있는 것 같았다.

그들은 구청에 가서도 소방도로 개설 토지 사용 허가 를 해주었다고 한바탕 난리를 피운 모양이었다. 세진은 아파트로 출근하면 매일 영혜와 단독주택 주민들을 찾아 다니는 게 일이었다. 그런 상태로 두 달이 흘렀다. L 공사 는 민원을 안고 공사를 할 수 없다고 버텼다.

세진은 머리가 지끈거렸다. 아파트 관리소장 자리가 늘 주민들의 이해와 부딪혀야 하고 때로는 업무대행사 직원처럼 자의 반 타의 반으로 주민들의 일을 도와주어야 하는 자리였지만 이번 일처럼 사람을 지치게 하는 경우는 드물었다.

원호는 구청 일이나 아파트 회의에 자주 빠졌다. 남자 위원들이 더 적극적으로 나서주면 좋을 텐데, 그중에서도 원호는 항상 모호한 태도였다. 그는 오십을 갓 넘긴 온화한 성격의 남자다. 다니던 회사를 그만두고 소방시설 사업을 준비 중이었다. 그의 사업은 어차피 아파트와 관련 있는 사업이었다. 어차피 아파트의 생리를 알아야 하고 그럴 바엔 아파트를 위해 봉사나 해보자는 심정으로 일을 맡았다고 했다. 그런 그가 대책위원 소임에 소극적인 배경이 무엇인지 헤아릴 방법이 없어 세진은 답답했다.

일은 착공도 못 하고 중단되었다.

"저런 철면피 같은 인간들을 어떻게 이웃에 사는 인간들이라고 생각할 수 있겠어요. 단독주택 아이들은 아파트 놀이터나 쉼터에 얼씬도 못 하게 하세요."

영혜는 그들이 들으라고 골목에 나가서도 큰 소리로 욕하며 목소리를 높였다. 그러나 그들은 '개야 짖어라'라는 듯 어떤 반응도 보이지 않았다. 마치 교육받은 사람들처럼 대응하는 방법이 보통이 아니었다.

다시 대책회의를 열어야 했다. 세진은 회의에 참석해 달라고 먼저 진애에게 전화를 걸었다. 진애는 다급한 목소리로 그러잖아도 세진에게 전화하려 했다고 말했다.

"소장님, 총무님이 이사 간다는데 알고 있나요?"

"총무님이 이사를…? 어디로 이사 가죠?"

뜻밖이었다. 회의 시간이 되자 사람들이 모여들었다. 이번에도 원호는 참석하지 않았다. 진애가 먼저 원호의 모호한 태도를 성토했다.

"이사 갈 거였으면 처음부터 아파트 일을 맡지 말아야지. 그런 사람은 차라리 없는 게 나아요. 도대체 그 사람은 이해가 안 되네요."

영혜가 눈에 쌍심지를 켜며 입에 거품을 품었다. 다른 사람도 아닌 영혜의 말에 세진은 놀랐다. 그동안 한발 물러서 있던 원호에 대해서 별다른 말을 않던 그녀가 보인 반응은 전혀 예상 밖이었다.

진애는 원호의 부인과 언니 동생 하며 지내는 사이라 두 사람의 가정사를 훤히 알고 있었다. 원호는 사업을 시작한 지 얼마 되지 않아 생활이 곤란해했다. 작은 사업체였지만 예상과 달리 비용이 많이 들었던 모양이었다. 그런 그가 대책회의에 참석은 하지 않으면서 L 공사 직원들과 자주 만나고 다닌다는 말까지 했다.

"그거야, 다른 일 때문이겠지…."

영혜의 어투가 조금 전과는 달라졌다. 누가 들어도 그를 감싸는 듯한 말투였다. 갑자기 그녀의 부드러워진 말투에 세진은 또 어리둥절했다.

"회장님, L 공사에서 각서는 받았어요."

진애가 하는 말에 세진은 아차 싶었다. 그동안 소방도로에 정신이 팔려 L 공사와의 협상 각서를 잊고 있었다. 세진은 바로 L 공사에 전화해서 각서는 언제 가져올 거냐고 물어보았다. 그들은 본사에서 결재가 나는 대로 가져오겠다고 대답했다.

그러고도 거의 열흘을 미적거리던 공사 측에서 아파트측에 통보도 없이 일을 처리하기 시작했다. 예상보다 그들의 일 처리가 조직적이고 신속하게 진행되었다. 세진은 또 한 번 어리둥절했다. 도대체 공사 측의 태도도 이랬다저랬다 하다 보니 이해가 되지 않는 부분이 많았다. 그런데 이번에는 마치 누가 다그치기라도 하듯이 공사 측은 일을 서두르고 나섰다. 단독주택 주민들에게는 소방도로 개설에 협조하는 조건으로 가구당 2백만 원씩 제공하기로 했다는 소문이 떠돌았다.

돈 약발이 크기는 컸다. 그렇게 막무가내이던 사람들이 돈을 준다니 쥐 죽은 듯이 조용해졌다. 단독주택 주민들이 현금 보상을 받았다는 말이 전해지자, 아파트 주민 중에서 단체 보상을 반대하던 사람들이 다시 관리실에 몰려와 영혜에게 행패를 부렸다.

소방도로 공사가 시작되고 택지개발공사도 속도를 내기 시작했다. 공사장에서 하루에도 몇 번씩 계속되는 발파 작업으로 주민들은 깜짝깜짝 놀라기 일쑤였지만, 아파트는 다시 일상으로 돌아왔다. 여러 고비를 넘긴 소방도로 개설 공사와 주차장 확장공사도 깨끗하게 마무리되었다.

공사를 마무리 하는 날. 세진이 출근하자마자 L 공사 팀장이 관리사무소로 따라 들어왔다. 그는 멋쩍게 웃으며 자리에 앉았다. 세진은 커피믹스 봉지를 흔들며 드시겠냐고 물었다.

그가 고개를 끄떡였다. 세진은 커피를 타서 탁자에 놓았다. 세진은 그가 환하게 웃으며 커피를 마시는 모습이 좀 촌스럽다고 느꼈다. 왜 아파트에 들렀는지를 물었다. 그는 본사에 보고할 월말 보고서에 영혜의 직인이 필요하다고 했다.

"네, 중요한 것은 아니고요, 본사에 보고할 월말 보고서입니다."

팀장은 좀 어색한 표정으로 말끝을 얼버무렸다. 세진은 그 말이 이해되지 않았다. 그러나 되묻지는 않았다. 대표자 직인은 관리실 캐비닛에 보관되어 있었는데, 세진이 자리를 비운 사이에 누가 직인을 대신 찍어 주었다는 말인가. 세진이 캐비닛의 직인 보관함을 열었을 때, 직인은 그 자리에 없었다.

세진은 영혜에게 전화로 사실을 알렸다. 영혜는 회장 직인이 자신에게 있다며 황급히 들고 왔다.

"아이구, 나이가 드니 요즘은 자주 깜박깜박해요. 소장님이 쉬는 날 직인이 필요해서 쓰고 깜박 잊고 있었네요."

그녀가 관리자인 자신에게 한마디 말도 없이 직인을 가져가서 쓰고 집에다 보관했다는 것이 세진은 이해되지 않았다. 그러나 회장이 필요해서 가져다 썼다는데 관리소장 입장에서 따지고 들 수도 없었다. 영혜는 팀장이 가져온 서류에 이미 내용을 알고 있는 듯 익숙하게 직인을 찍어 주었다.

세진은 자리에 앉아 마시다 놓아둔 반쯤 남은 커피 컵을 집어 들었다. 어디에 홀린 것 같은 묘한 기분이 들었다. 그러고 보니 일련의 일들에 이해되지 않는 점들이 많았다. 원호의 비협조적인 태도나 행적은 그 사람의 특성상 그렇다 치더라도, 갑자기 공사 측에서 태도를 바꾸어 일을 일사천리로 진행하고 나선 점이나 비록 협조 사항이기는 하지만 이미 두 번이나 공사 측에서 필요한 자체

보고서에 직인을 두 번이나 찍어 주었다는 것이 이해되지 않았다.

직인을 찍어 줄 사람은 영혜밖에 없었다. 본사 측에 늘 완강한 태도로 일관하던 영혜가 아니던가. 회장이 그 사안에 대해서 다른 사람에게 한마디 말도 없이 협조해 주었다는 점이 좀처럼 이해되지 않았다. 그러나 세진은 그것을 따지고 캐묻고 싶지는 않았다. 그 일이 자신에게 도움이 될 것 같지 않았기 때문이다.

세진은 깨끗하게 마무리된 도로를 보며 그동안 힘들었던 일들에 스스로 위로했다. 그리고 가끔 풀리지 않는 찜찜한 작은 일들은 잊어버리기로 했다. 그런데 일이 다 끝나고 나서 2주쯤 뒤 L 공사 팀장에게서 만나자는 연락이 왔다. 뜻밖이었다. 세진과 연락할 아무런 이유도 없었다. 그들도 이미 공사가 마무리 단계에 들어가고 있었다.

퇴근길에 혁신도시 끝자락에 있는 약속한 조그만 한정식집으로 갔을 때 팀장이 먼저 와서 기다리고 있었다. 나이도 세진과 비슷해 보여서 뭔가 동질감 같은 것이 느껴졌다. 식사 자리가 거의 끝나갈 무렵 세진은 이때다 싶어 에둘러 말을 꺼냈다.

"공사장 일은 매사 규정에 따른다면서요? 무슨 일 있었죠? 처음에 될 듯 안 될 듯 더디던 일이 갑자기 일사천리로 진행된 것이 좀은 어리둥절해서요?"

어떤 의도된 질문은 아니었는데, 세진은 자신도 모르게 툭 쥐어박는 투로 불쑥 말했다. 그는 한동안 머뭇거리더니 결심한 듯 말을 꺼냈다.

"실은 회사로서도 이번 일로 곤욕을 치렀습니다. 총무님이 하도 물고 늘어지는 바람에 공사 책임자인 소장님이 진땀을 뺐습니다."

팀장은 이미 뱉어놓은 말이라고 생각해서인지 스스럼없이 말을 이었다. 이야기는 그러했다. L 공사가 혁신지구 토목공사를 하면서 일부 지역에 유물을 발견하고도 무시한 채 공사를 강행했다는 문제가 제기되면서였다는 것이었다. 사실 그 지역은 문화재 발굴 의무지역이 아니라서 별 신경을 쓰지 않고 공사를 진행했는데, '녹산신문'이라는 한 환경신문 기자가 현장을 뒤지고 다니다가, 사기그릇 파편 몇 점을 찾아 들고 와서는, 공사 측이 문화재가 나왔다는 사실을 숨기고 공사를 강행했다고 물고 늘어졌다. 그다음 날은 원호도 동행했다. 원호도 녹산신문의 취재부 기자란 명함을 들고 있었다.

현장 소장은 당황했다. 사실로 보아 그 사기 파편이 그리 대단해 보이지는 않았지만, 언론에서 떠들면 공사가 무기한 중단되고, 거기에 따른 책임을 본사로부터 추궁당

할 것이 뻔했기 때문에 현장 소장은 그 사실 여부를 떠나서 적당한 선에서 일을 무마하기를 원했다. 현장 소장은 평소 안면이 있는 원호에게 매달렸다.

원호는 될 듯 안 될 듯 며칠을 끌다가 현장 소장을 한쪽으로 불러 자신이 중재해 주겠다며 몇 가지를 요구했다. 그러고는 신문사 무마에 필요하다며 현장 소장에게서 개인적으로 몇백을 챙겨갔다. 그 일이 있기 전 원호가 회사에서 월말 보고서를 작성할 때마다 직인을 들고 와서 찍어 주면서 회사 측에 호의적인 자세를 보였다는 말까지 덧붙였다.

다른 것은 그렇다 치더라도 영혜가 몰래 가져간 직인을 원호가 들고 공사 사무실에 들락거렸다는 것이 이해되지 않았다. 영혜와 한패이거나 묵인해 주지 않고서는 있을 수 없는 일이었다.

세진은 혼란스러운 마음으로 종이컵을 입으로 가져갔다. 한 모금을 마시는 순간 불현듯 일이 한창 꼬이던 때 진애가 했던 말이 머리를 스치고 지나갔다.

"소장님, 어제 무슨 회의가 있었나요? 영혜 회장과 원호 총무가 함께 모아드 카페 앞을 걸어가던데요….."

세진은 운전석에 앉았으나 시동을 걸 수 없었다. 우롱당한 기분이 머리끝에서 발끝까지 스멀스멀 지나가는 것 같았다. 남아 있는 커피를 입으로 가져갔다. 커피는 이미 식어 있었다. 달고 향기롭던 그 맛은 어디로 가고, 쓰디쓴 커피 맛이 혀끝을 맴돌았다.

가지 끝에 머문
햇살

알람이 소리가 요란하게 울렸다. 머리맡에 있던 스마트폰을 더듬거리며 찾았다. 그리고 화면 전체를 차지하고 있는 알람을 집게손가락으로 밀어 해제시켰다. 아직 잠에 취한 상태였다. 일어나야 한다는 의식은 있었다. 눈꺼풀이 떨어지지 않아 게슴츠레한 눈으로 스마트폰 화면에 시선이 닿자마자 후다닥 이불을 걷어찼다. 벌써 7시를 넘어가고 있었다. 서두르지 않으면 지각이다. 간밤에 소방차 사이렌 소리와 갑자기 쏟아지는 폭우에 잠을 설친 탓이다. 이 직업을 선택하고 나서 깊이 잠들지 못하고 늘 걱정거리를 달고 사는 게 어느덧 일상이 된 모양이다.

얼마 전 무시무시한 태풍이 우리나라를 덮쳤다. 전 직원들이 비상근무체제로 전환해 배수로를 점검하고 침수될 곳은 없는지 확인 또 확인했다. 다행히 별 피해 없이 태풍이 지나갔다. 그러나 인근 도시는 사정이 달랐다. 그 아파트 관리소장은 차량이 침수될 것을 우려해 지하 주차장에 있는 차량을 이동하라는 방송을 한 모양이었다. 많은 이들이 방송을 듣고 차량을 이동시키기 위해 지하 주차장으로 갔다. 그러나 미처 대피할 새도 없이 갑자기 하천이 범람해 아파트로 밀려오는 통에 많은 이들이 아까운 목숨을 잃었다. 그 일로 소장은 현재 재판을 받고 있었다. 들리는 말에 의하면 아마 형을 살 것 같다고 했다.

'제길, 다 잘되자고 한 방송이 아닌가.'

뻐근한 몸을 이끌고 욕실로 들어갔다. 샤워기를 틀고 따뜻한 물이 나올 때까지 잠시 기다리다 문득 거울을 들여다보았다. 거울 속에 서 있는 여자가 낯설었다. 툭 튀어나온 광대뼈에 신경질적인 얼굴, 깡마른 몸, 헝클어진 머리카락까지 모두 내가 아닌 듯 느껴졌다. 거울 속의 얼굴이 어딘지 모르게 상운을 닮아 있었다.

상운을 만난 건 주택관리사 자격증을 준비하던 학원에서였다. 그는 나와 같은 또래였고, 누구에게 지시를 받는 수동적인 일보다 자신이 주도적으로 처리할 수 있는 일을 직업으로 갖고 싶다고 했다. 그는 서글서글한 눈매에 나만 보면 항상 싱글벙글 웃었다.

"난 합격을 목표로 공부하는 게 아니라 수석합격이 목표야."

상운이가 허세를 부렸다. 그런 그가 밉지 않았다. 그와 나는 그 당시에 자격증 시험 과목 중의 하나였던 윤리 과목에 관해 토론하기를 좋아했다. 서로 당면한 시험을 위해 내용을 암기해야 한다는 이유도 있었지만, 시험에 합격하고 난 다음 관리소장이 되었을 때 어떤 도덕적 기준을 가지느냐도 중요하다고 생각했기 때문이다.

어느 날 나는 우연히 김남주 시인의 「어떤 관료」란 시를 읽고 난 뒤 충격에 휩싸였다. 그래서 그에게 이렇게 질문을 한 적이 있었다.

"만약 가족이 굶을 위기에 처했을 때, 그때도 자신의 신념을 지킬 수 있을까? 그럴 수 있을까?"

상운은 한참을 골똘히 생각했다. 그러다가 천천히 대답했다.

"우리가 하려는 일은 여러 사람이 관계된 일이니 그래야 할 거 같아."

그날 우리는 평소와 다르게 행동 하나하나가 신중해졌다. 왠지 그래야 할 것 같았다.

그는 항상 나에게 완벽한 남자이고 싶어 했다. 그런 그에게 나는 어느새 조금씩 기대고 있었고, 자연스럽게 연인이 되었다. 그해가 끝날 때쯤 우리는 나란히 주택관리사 자격증을 취득하고는 곧바로 취직도 했다.

그런 그가 먼 곳으로 가버렸다. 상운은 내가 임신을 한 사실을 모른 채, 다시는 돌아올 수 없는 곳으로 가버렸다. 우린 결혼하기로 약속은 했지만, 서로의 미래가 불안했다. 양가 부모님의 반대도 워낙 심했다. 상운이와 나는 동등한 입장에서 함께 걸어가기를 원했지만, 상운이네 부모님은 사회생활을 하는 여자, 그것도 아파트 관리소장을 하는 내가 상운의 기를 죽인다고 싫어했다. 우리 부모님은 부모님대로 외골수 같은 성격의 상운이가 사회생활이나 제대로 할 수 있을까, 하며 남들과 쉽게 휩쓸리지 못하는 그를 탐탁지 않게 여겼다.

　"엄마. 상운이가 돈을 못 벌면 내가 벌면 되지."

　"쯧쯧, 사는 게 말처럼 쉬운 줄 아나. 고개를 얼마나 넘기려고 벌써 이카노."

　내 말에 엄마는 혀를 찼다.

　상운은 엄마 말처럼 아파트 일에 쉽게 적응하지 못했다. 누구에게나 쉽지 않은 일이긴 했지만 상운이는 좀 유별나 보였다. 그는 관리자로서 지나치게 책임감을 느끼는 것 같았다. 직책에 대한 일종의 강박관념 같은 것이었다. 관리자들이 빠지기 쉬운 무사안일한 태도, 자신이 몸부림치며 거부했던 그런 것들에 대해 어느새 자신도 모르게 조금씩 빠져드는 것 같다고 하면서 그는 가끔 허탈하게 웃었다.

"생각해봐, 아파트는 하나의 작은 나라야! 입법부와 같은 일을 하는 입주자대표단이 있지. 행정적인 일을 하는 관리사무소, 그리고 그 아파트의 주권자인 입주민들, 아파트 운영이 적절하게 되었는지 감찰하는 사법부에 해당하는 감사가 있잖아. 난, 내가 관리하는 나라가 난 유토피아가 되었으면 좋겠어."

그때 그는 어떤 확고한 의지를 불태우듯 나에게 이렇게 이야기하곤 했다. 나는 아직 그 말의 의미를 다 이해하진 못했지만, 그런 의지를 가진 상운이가 자랑스러웠다. 그러나 그런 그의 의지는 아파트 관리소장이라는 현실에 접하면서 혼란을 겪기 시작했다. 아직 주택관리사란 직업이 자리를 잡지 못한 태동기였다. 상운이 자격증을 따고 처음 발령을 받은 곳은 노조 활동으로 유명한 기업의 직원이 대다수가 거주하는 한 아파트였다. 당연히 입주자대표단 거의 대다수가 노조 활동을 하는 사람이었고, 주민들역시 노조의 영향이 강했다.

그날은 상운이와 저녁을 먹고 영화를 보기로 한 날이었다. 영화 상영시간이 한참이나 남아 있어 인근 커피숍에서 시간을 죽치고 앉아있을 때였다. 커피숍에서는 박인희의 '끝이 없는 길'이 흘러나오고 있었다. 그 노래는 평소 내가 좋아하는 노래였다. 한참을 음악에 심취해 있는데 어디서 삐삐가 소리가 울렸다. 상운이 고개를 숙여 허리춤에 있는 삐삐의 숫자를 확인하는 것 같았다. 그러더니 인상을 찌푸렸다. 상운이가 시티폰을 꺼냈다. 그리고 삐삐에 찍힌 연락처로 전화를 걸었다.

"영화는 다음에 봐야겠어. 지금 나를 좀 보자고 하네."

그는 나에게 미안한 표정을 지으며 위탁계약 만료가 얼마 남지 않았다고 했다. 나는 그런 그를 이해했다. 자치관리하는 나와 달리 그는 위탁관리를 하는 아파트여서 재계약 여부가 중요했다. 급하게 일어서는 상운의 모습이 어딘가 불안해 보였다.

그날 이후 상운은 수시로 아파트 임원들이 부르면 달려갔다. 밥을 먹고 있을 때도 있었고, 잠을 자려 할 때도 있었다. 정해진 시간도 없었다. 그들이 원할 때는 언제든지 달려갔다. 항상 자신감 넘치던 그의 얼굴은 어느새 점점 어두워지고 있었다.

"상운아. 그렇게까지 해야 해."

내 말에 상운은 피식 웃었다. 그러곤 "걱정하지 마. 잘 해내고 말 테니깐." 하고 혼자 말처럼 중얼거렸다. 그때까지만 해도 그는 최선을 다하면 언젠가는 좋은 결과가 기다리고 있으리란 교과서적인 믿음을 가지고 있었다.

기다리던 재계약을 하는 날이 다가왔다. 마무리 조율이 남아 있었다. 상운은 입주자대표회장에게 전화했다. 웬일인지 연락이 되지 않았다. 감사는 바쁜 일이 있다고 얼버무렸다. 다른 임원들도 정도의 차이는 있었지만 마찬가지였다. 이상한 낌새를 느꼈다. 그날 오후, 상운은 다른 위탁회사의 이사로부터 자신들이 상운이 관리하는 아파트와 계약했다는 연락을 받았다.

"제기랄."

상운은 그날 사람에 대해 치를 떨었다. 아파트 회장과 임원들은 언제든지 술이 고프면 술자리에 상운을 불렀다고 했다. 물론 술값은 항상 상운이가 냈다. 아니, 낼 수밖에 없었다. 위탁 재계약을 앞둔 두 달 치 월급은 통장에 입금되자마자 그렇게 그들의 술값으로 고스란히 지출되었다. 뭐, 임원들의 술자리. 그것까지는 좋았다. 재계약을 위한 거라면. 그러나 그들은 개인적인 술자리까지 상운을 불렀다. 상운이 도착했을 때 그들은 거나하게 술에 취해 있었다. 왜 불렀냐고 상운이 물었을 때 그들은 그에게 대리운전을 부탁했다.

"회장님 이런 일은 너무 합니다. 다음부턴 대리기사를 부르세요."

그는 교활하게 웃으며 "소장님을 두고 왜 대리를 부릅

니까?"라고 말했다. 상운은 자신이 뭘 잘못 들었나 싶어 그를 다시 올려다보았다. 그러나 그는 상운의 말을 들은 척도 않고 자동차 키를 건네주고는 당연하다는 듯 차에 올랐다. 그랬던 그들이었다. 사람이라면 당연히 상운의 위탁회사와 재계약을 하는 것이 맞았다. 관리에 대해 주민들의 불만도 거의 없었다. 그나마 상운의 편을 들어주는 사람은 술자리에 참석하지 않은 두 명의 동대표였고, 나머지는 모두 상운을 피하거나 침묵했다.

"책은 책일 뿐이야. 현실은 책에 쓰인 것과는 너무 달라."

술에 취해 인사불성이 된 상운은 울분을 삼키며 울었다. 그렇게 그는 첫 번째 직장을 잃었다. 직장만 잃은 게 아니었다. 위탁관리 회사로선 중요한 거래처 하나를 잃은 거였다. 그에게 위탁관리회사의 냉랭한 시선이 뒤따랐다.

그에게 두 번째 기회가 주어졌다. 그리 크지 않은 400세대 정도 규모로 물론 소속은 그가 몸담은 위탁회사였다. 아파트는 시내에서 조금 떨어진 변두리에 있었다. 그곳에 거주하는 사람들은 주로 중소기업에 다니는 사람들과 조그만 개인기업을 운영하는 그리 넉넉지 않은 주민들이 많았다. 그곳에 자리를 옮긴 상운은 별 불만이 없는지 얼굴도 밝아지고 기분도 좋아 보였다. 그런 그가 누구보다 반가운 건 나였다. 그랬던 그가 어느 날부터는 다시 술에 취해 비틀거리기 시작했다. 무슨 일인지 물어보아도 대답하지 않았고 자꾸만 나를 피했다. 그는 동료들과의 만남도 점점 뜸해졌고, 혼자 지내는 시간이 많아졌다. 가끔 그를 만나는 날이면 술에 취한 채 자신은 생각도 없이 끌려다니는 바보라고 중얼거렸다.

"그러려니 하고 넘기면 안 돼?"

상운이 나를 홱 돌아보았다. 잔뜩 화가 난 그의 얼굴에 살기가 돋아 있었다.

그는 하루가 다르게 수척해져 갔다. 그를 만나 투정이라도 하면서 응어리를 풀고 싶었지만, 도리어 그의 하소연을 들어주는 날이 반복되자 나도 점점 지쳐갔다.

"상운이가 약을 먹었어요. 스트레스로 너무 힘들었나 봐요."

상운이와 크게 다투고 돌아선 다음 날이었다. 그와 함께 생활하는 같은 회원인 규연에게 상운이 응급실에 있다는 연락을 받았다. 내가 병원에 도착했을 때, 그는 막 의식을 회복한 뒤 병실에 있었다. 예의 초췌한 모습은 그대로였다.

"이런 모습을 보여 미안해."

상운이 혼잣말처럼 힘없이 중얼거렸다. 조용히 그에게

다가가 손을 잡았다. 깡말라 볼품없는 손이었다. 무엇을 생각하는지 상운은 눈을 감고 있었다. 시간이 조금 흐른 뒤 상운은 나를 물끄러미 쳐다보았다. 동공에 힘이 실리지 않은 그를 보며 나는 그가 참! 바보스럽다는 생각이 들었다. 이윽고 상운은 담담하게 그동안 자신이 겪었던 일을 털어놓기 시작했다.

처음 아파트에 부임했을 때 대체로 입주민들은 그에게 살갑게 대해주었다. 그중 총무라는 사람은 유난히 그에게 친절하게 굴었다. 상운은 그런 그가 부담스러웠지만, 그런 사람도 있지. 하고 별 대수롭지 않게 넘겼다. 아파트에 근무한 지 두어 달쯤 되자 아파트의 시설물과 운영 시스템이 제법 익숙해졌다. 주민들은 친절했고, 아파트는 무탈하고 조용해서 월급을 받는다는 사실이 미안할 정도였다. 그때 그는 몰랐다. 이유 없는 친절은 없다는 것을.

아파트는 총무를 제외하고는 별다른 문제는 없어 보였다. 그는 아파트 인근 상가에서 조그만 철물점을 운영하고 있었다. 그는 아파트 일에 꽤 적극적이었다. 총무는 평일과 휴일을 가리지 않고 아파트를 돌아다녔고, 아파트의 여러 문제를 정확하게 파악하고 있었다. 그는 수시로 아파트의 크고 작은 모든 공사에 참여하려 했다. 문제는 공사한 부분이 제대로 된 설계도나 공사시방서도 없이 주먹구구식으로 처리된다는 점이었다. 그리고 청구되는 비용도 외주를 주는 비용보다 높게 책정되어 있었다. 입주민들은 사정도 모르고 총무가 아파트를 위해서 헌신적이라고 다들 추켜세우거나 고맙게 생각하고 있었다.

떠나기 싫어하는 겨울을 밀어내고 어느새 벚꽃이 눈처럼 날리기 시작했다. 본격적인 봄의 향연이 시작되고 있었다. 정원수 가지치기를 준비해야 할 시기가 다가오고 있었다. 주변 소장에게 자문을 얻고 입찰 공고를 준비하고 있을 때였다.

"소장님! 오늘 약속 없으시면 저녁이나 같이 먹을까요?"

퇴근하려던 상운을 회장이 불러세웠다. 그는 민물매운탕이 유명하다는 곳으로 상운을 안내했다. 안으로 들어서자 총무가 먼저 와 있었다. 간단한 반주를 곁들인 저녁을 먹으며 그는 단지 내 정원수의 정비 작업을 자신과 자신을 그림자처럼 따르는 경비원 오 씨와 함께 처리하고 싶다고 했다.

머리가 아팠다. 임원을 하지 말든지, 아파트 임원으로 있으면서 자꾸 공사에 왜 관여하려 하는가 말이다. 총무에게 "동대표를 사퇴하고 나서 공사에 참여하시는 게 좋지 않겠어요?"라고 했다. 순간 총무의 얼굴에 웃음기가 사라졌다. 상운은 그의 시선을 피한 채 음식값을 계산하고는 서둘러 식당을 빠져나왔다.

며칠 후 출근 시간이었다. 상운도 모르는 한 무리의 인부가 정원수의 가지치기를 하고 있었다. 그들에게 다가가 누구냐고 물어보았다. 그는 아파트 회장과 총무가 작업하라고 해서 한다고 했다. 그리곤 상운에게 견적서를 한 장 내밀었다. 사백오십에 부가세 별도라고 적혀 있었다. 견적서에 적힌 금액을 보고 상운이 흠칫 놀랐다. 인근 아파트에서 알아본 견적보다 훨씬 높았다. 주변 아파트에서 작업한 금액은 삼백이 채 넘지 않았다. 삼백만 원이 넘는 공사는 입찰 공고를 한 뒤 낙찰된 업체에 공사를 맡겨야 한다. 이미 법으로 정해진 일이었다. 저들이 제정신인가? 머리가 지끈거렸다. 관리소장의 허락도 없이 공사를 시키다니.

작업은 며칠 동안 계속되었다. 상운은 처삼촌 벌초하듯 대충대충 작업하는 그들이 마음에 들지 않았다. 그래서 다시 깔끔하게 작업하도록 지시했다. 그러자 그들은 계약에 없던 거라고 둘러댔다. 계약서를 가지고 오라고 해도 회장과 총무 핑계를 대며 가져오지 않았다. 꼼꼼한 상운이의 성격에 그네들의 행태가 마음에 들 리가 없었다. 그들은 며칠 후 정원수 정비 작업을 마무리했다고 돌아갔고, 메일로 대금 지급 청구서와 통장 사본을 보내왔다.

"소장님! 도대체 그 자리에 왜 앉아있는 겁니까?"

예전에 임원을 했다는 한 입주민이 한심하다는 듯 상운에게 소리쳤다. 부끄러웠다. 그리고 조금 억울하기도 했다. 그렇다고 회장과 총무가 한 일을 그 입주민에게 말할 수도 없는 상황이었다. 상운은 공사대금을 보류하겠다고 그에게 대답했다. 그가 할 수 있는 최선의 말이었다. 그리고 회장과 총무를 불러 자초지종을 물었다.

"당신은 우리가 시키는 일만 잘하면 되지 왜, 우리가 하는 일에 간섭하러 들어. 당신은 나그네야. 우리는 주인이고. 까불지 마."

다짜고짜 반말이었다. 화가 난 상운이도 그냥 있을 수 없었다.

"당신이 임원이기는 하지만 400세대 중 한 세대일 뿐이야. 당신들이 아파트를 농락하도록 두고 볼 수 없어."

상운도 지지 않고 되받아쳤다. 큰소리가 오고 갔다. 회장이 말렸지만 이미 감정이 격해진 상태였다. 상운이와 총무가 서로 멱살을 잡았고, 주먹이 날아왔다. 큰소리가 나자 사람들이 몰려왔다. 사람들이 두 사람을 억지로 뜯어말리고 나서 무슨 일인지를 물었다. 그런 와중에도 상운은 회장과 총무가 잘못한 일을 삼킬 수밖에 없었다. 그대로 관리사무소를 나왔다. 기분이 더러웠다. 절이 떠날 수 없으니 중이 자리를 떠나야 했다. 그대로 물러서기 싫었다. 총무는 이런 일이 처음이 아닌 듯 네까짓 게 별수 있나 하는 표정으로 입꼬리를 올리고 있었다.

월말이 지나고 분기별 감사를 받는 날이 다가왔다. 감사에게 총무의 문제를 털어놔 보았지만, 역시 가재는 게 편이었다. 그는 회장과 총무를 불렀다. 그들은 상운이 앞에 앉아있는데도 불구하고 그 일에 대해서 모른 척하며 처음 듣는 이야기처럼 행동했다.

"소장님! 공사는 소장님이 알아서 하지 우리가 어떻게 압니까?"

미치고 환장할 노릇이었다. 상대는 두 사람, 상운은 혼자였다. 위탁회사에서도 모른척했다. 상운이 근무하는 동안 그런 일은 두 번이나 더 반복되었다. 허탈했다. 결국, 상운이 아파트를 떠날 수밖에 도리가 없었다. 그들의 시선에서 보면 상운은 나그네였으니까.

가을이 오기는 오나 보았다. 상운이 누워있는 병실의 창문 너머로 은행잎이 제법 노랗게 물들어 있었다. 여름날 저돌적인 기세로 타올랐던 불꽃은 이제 한풀 꺾여야 할 계절이었다. 그렇지만 더위는 쉬이 물러가지 않았다. 마치 저 밑바닥에 있는 추한 모습까지 까발리고 나서 물러서려는 듯 마지막 불꽃을 품어내고 있었다.

"508호실로 가려면 이쪽이 맞습니까?"

억세고 카랑카랑한 중년 여자의 목소리가 복도에서 들렸다. 상운의 어머니다. 나는 가슴이 쿵쾅거렸다. 그렇지 않아도 나를 탐탁지 않게 생각하시던 그의 어머니였다. 조용히 문을 열고 밖으로 나가 그녀를 맞았다. 그녀는 대뜸 인상부터 찌푸렸다. 미간에 주름이 잔뜩 잡힌 얼굴로 그녀는 나를 쳐다보지도 않고 그대로 병실로 들어갔다. 나는 따라 들어가지 못하고 병실 문 밖에서 한참을 서성거렸다. 그녀의 그런 기세는 그녀와 상운이 사이에 내가 끼어들 수 없음을 말하려는 듯했다.

"아이고! 이놈아. 이게 무슨 일이고. 내가 진작에 자는 안된다 했제."

소리치는 그녀의 목소리에 단호함이 묻어났다.

"자는 기가 세단다. 니랑은 결혼하면 안 된다 카더라. 니가 일찍 죽는단다."

"엄마. 지금이 어느 시댄데 그런 말을 하세요. 그런 말 하려면 가세요."

그러면서 그는 아파트 일만으로도 머리가 아프다며, 자꾸 그러면 엄마는 영영 안 볼 거라고 선을 그었다. 그러나 그녀는 상운의 말을 신경조차 쓰지 않고 본인이 하고 싶은 말만 계속했다. 상운이 옆에 있는 나의 존재는 아예 처음부터 없었던 사람처럼 행동했다. 나는 그 자리에 더 있을 수가 없었다. 상운이에게 눈짓으로 가겠다고 한 후 병실을 나왔다. 그와 결혼해야 하나, 말아야 하나. 이런 생각으로 집으로 오는 내내 머리가 아팠다.

"다른 직업을 가져보면 어떨까?"

그가 병원에서 퇴원하고 난 뒤 나는 상운의 마음을 떠보았다.

"또 어떻게 새로 시작해."

그는 새로운 직업을 갖고 사람과 관계를 맺는다는 사실에 두려움을 느끼는 것 같았다. 그렇게 그는 1년을 채우지 못하고 아파트를 옮겨 다니기를 반복했다. 상운이 주어진 아파트에서 정해진 임기도 채우지 못하는 소장으로 낙인이 찍히자 그에게 더는 일자리가 주어지지 않았다.

예전의 자신감 넘치던 그의 모습은 어디에도 없었다. 그는 자기의 꿈이 무엇인지, 무엇을 위해 살아가야 하는지 모르겠다고 자주 중얼거렸다. 그렇게 방황하다 그는 지인의 도움으로 겨우 한 아파트에 소장직을 맡게 되었다. 그 아파트에서 일한 이후로 상운은 더는 내게 업무적인 일로 하소연을 늘어놓지 않았다. 대신 전보다 더 날카롭고 신경질이 늘었다.

상운이 그 아파트에 근무한 지 5개월쯤 지났을 때였다.

그 아파트에 사는 입주민에게 시골 친척이 과일을 택배로 보내온 모양이었다. 그는 친척이 보내온 과일을 근처에 보관되어 있던 아파트 공용손수레에 싣고 집으로 갔다. 문제는 공용 물품을 경비원에게 이야기도 하지 않고 무단으로 가져갔다는 사실이다. 경비실에서는 한바탕 난리가 났다. 아파트 공용 물품이 없어지면 틀림없이 책임 추궁을 당하리라고 생각한 경비원은 CCTV를 일일이 확인한 후 그를 찾아가 한바탕 야단을 친 모양이었다. 밤이 꽤 늦은 시각이었다. 다음날 얼마든지 이야기할 수도 있었고, 교대 근무하는 경비원에게 인계하면 될 일이었다. 그 주민은 다음날부터 날마다 관리사무소로 찾아와서, 문제의 경비원을 아파트에서 내보내라고 난리를 쳤다. 입주민을 위해서 있어야 할 경비원이 입주민 위에 군림하려 한다는 게 이유였다. 결국, 민원을 이기지 못한 상운이 경비원을 해고하고 말았다. 그가 술에 취해 인사불성이 되었을 때, 그때 나는 상운의 마음을 알았어야 했다.

"더는 못 견디겠어. 나는 이것밖에 안 되는 못난 놈인가 봐."

술에 취한 상운이의 넋두리였다. 나는 아무 말도 할 수가 없었다. 가만히 다가가 그를 안았다. 그의 몸은 미세하게 떨리고 있었다. 상운이가 웃었다. 공허하고 처절한 웃음이었다.

그가 스트레스로 두통을 호소하며 구토를 하기 시작했다. 몸은 야위어만 갔고, 얼굴은 해골이나 다름없이 수척해져 갔다. 더는 그의 푸념을 더 받아내기 힘들었다. 내가 관리하는 아파트 업무만으로도 힘에 겨웠고, 그와 만날 때만큼은 아파트를 잊고 싶었다.

"상운아, 우리 서로 만날 때 아파트 이야기는 조금만 했으면 해."

내가 그렇게 말을 하자 상운은 물끄러미 나를 보았다. 그의 표정이 낯설었다. 그때 나는 그에게 쉬라고, 힘들면 좀 쉬면서 일하라는 말을 하지 못했다. 결혼하면 현실적으로 부딪히게 될, 같이 살 집의 전세금과 생활비, 그리고 태어날 아이의 장래를 먼저 떠올렸다.

상운을 만나는 시간이 부담으로 다가오자 그의 연락을 피하는 날이 많아졌다. 냉정하게 조금 멀리서 그를 바라보고 싶었다. 그로부터 한 달이 채 못 되어 상운이 세상에서 사라졌다. 유서도 한 장 없었다. 그의 어머니가 장례식에 참석한 나에게 머리를 쥐어뜯으며 미친 듯이 욕을 퍼부어 댔다.

"기 센 년, 진작에 상운이를 놓아주라고 안 하더나. 니가 상운이를 죽인 거다. 니가!"

난리가 나자 사람들이 우리를 에워쌌다. 상운의 친척들과 우리 회원들이 억지로 뜯어말리고서야 그녀와 겨우 떨어질 수 있었다. 그녀의 손엔 뜯겨 나간 내 머리카락이 수북했다. 그녀는 만신창이가 되어 있는 나를 보고서도 분을 삭이지 못하고 씩씩거렸다. 그러고는 서럽게 울었다.

상운을 만난 게 잘못일까. 내가 그를 죽게 했나? 내가 상운에게 어쨌길래. 왜 내게 이런 일이. 억울했다. 그와 나의 만남이 죄인 건가? 비열한 자식. 그렇게 가버리면 다야. 나만 홀로 남겨두고. 나는 어쩌란 말인가? 나도 무너지고 싶었다. 상운의 장례식에는 내가 있을 자리가 없다. 온몸에 힘이 빠지면서 그 자리에서 쓰러졌다.

"그라며, 야가 임신이라도 했단 말인교?"

놀란 엄마의 목소리에 잠을 깼다. 엄마는 울고 있었다.

"우짜노. 우짜노."

"엄마, 무슨 일이야?"

힘없는 목소리로 엄마에게 물었다. 엄마가 흠칫 놀랐다. 그러고는 나를 한참이나 물끄러미 쳐다보았다. 나를 쳐다보는 엄마의 눈에 원망과 함께 슬픔이 묻어 있었다. 그러고는 곧 체념한 듯 나에게 임신이라고 말해 주었다. '임신'이라는 소리가 내 귀에 공명하며 한동안 맴돌았다.

'임신…. 이제 나는 어떡하지.'

상운을 생각했다. 그가 있어야 할 자리엔 공허한 메아리만 맴돌았다. 그러다가 퍼뜩 정신을 차렸다. 이제 그는 어디에도 없었다.

그를 보낸 지 한 달쯤 지난 때였다. 저녁을 먹는 자리에서 엄마는 조용히 몸은 어떠냐고 물었다. 엄마의 얼굴은 몹시 굳은 표정이었다. 조심스럽게 내 표정을 살피던 엄마는 아이를 지우자고 했다.

"결혼도 안 한 여자가 혼자 애 키우고 우째 살라꼬."

"다시는 그런 말 하지 마. 내 인생이야. 내가 결정한 거라고."

엄마가 내 인생에 끼어드는 게 싫었다. 엄마가 살아온 인생에서의 여자의 입지와 내가 살아갈 세상에서의 여자의 입지를 헷갈리면서 나에게 이래라저래라 간섭하는 것이 귀찮았다.

"이 바보야. 사는 게 그리 쉬운 줄 아나."

엄마가 안쓰럽게 혀를 찼다. 나는 세차게 고개를 저었다. 엄마의 말이 아니어도 겁이 났다. 어떻게 해야 하지. 상운이 떠난 이후로 줄곧 어떻게 해야 할지 막막했다. 그래도 상운의 온기는 지켜야 했다.

임신한 상태로 아파트에 계속 근무할 수는 없었다. 조만간 결론이 내려져야 했다. 아직 이 직업에서 자리도 잡지 못한 내가 일을 그만두면 다시 자리를 잡을 수 있을까. 그러면 나는 뭘 하면서 살아가야 하지. 아이는 어떻게 키우고. 두려움이 밀려왔다.

다행히 아이를 낳고 6개월 만에 다시 자리를 잡았다. 그리고 벌써 9년의 세월이 흘렀다. 때론 살얼음 위를 걷는 것처럼 위태위태했고, 때론 사막을 홀로 걷는 것처럼 메마른 시간이었다. 가끔 아이를 볼 때면 상운이의 얼굴이 스쳤다. 아마도 나는 그를 놓지 못하고 있는 것이리라. 그의 사랑 때문이 아니었다. 그와 짧지만 아픈 기억을 머릿속에 더듬고 있기 때문이었다.

관리사무소 밖으로 어둠이 내리고 있었다. 조금만 견디면 퇴근 시간이다. 나는 어둠이 찾아오는 이 시간이 좋다. 하루를 꼬박 밥이라는 테두리에 갇혀 나를 옥죄던 고통에서 벗어날 수 있기 때문이다. 그리고 어둠은 낮 동안 온갖 더러운 형태의 갈등과 욕심들을 검은색으로 덮어 버린다. 그래서 공평하다.

오후에 아파트 감사가 관리사무소로 찾아왔었다. 그는 건축업을 하는 60대 남자였다. 요즘 들어 그는 자꾸 아파트 공사를 들먹였다. 자신이 직접 아파트를 돌아다니면서 문제점을 파악하는 것까지는 좋았다. 그런데 공사를 본인이 직접 하고 싶어 했다. 머리가 지끈거렸다. 얼마 전에 옥상 배기구 공사도 그가 직접 했었다. 그 일은 그 래도 시중에 나와 있는 기성품에 얼마의 인건비면 되었다. 그 일로 끝이겠거니 싶었다. 그러나 그는 아파트 내 다른 공사까지 눈독을 들였다. 그대로 넘어갈 수는 없었다. 조용히 그를 불러 감사가 공사에 참여하면 객관성도 없고, 하자가 생기면 누구에게 책임을 묻느냐고 안 된다고 잘랐다.

그런 일이 여러 번 반복되고 나서부터였을까. 어느 날부터 회장은 월말에 지급되어야 할 여러 공과금의 결제를 못 하겠다고 버텼다. 공과금의 지출은 나와 회장, 두 개의 인감 날인이 필요했다. 그가 도장을 찍지 않으면 직원들의 급료는 물론 모든 지출이 보류된다. 무슨 일인지를 물었다. 그는 대답을 못 하고 자꾸 얼버무렸다. 감사의 입김이 들어간 것이 분명해 보였다. 그는 곤란한지 결재가 있는 날은 멀리 출장을 핑계 대거나 잊어버렸다고 하며 차일피일 미루었다. 그때마다 나는 진땀을 빼며 뒤처리를 해야 했다.

직원들도 감사와 나의 사이가 안 좋은 걸 알자 나의 입장에 서야 할지, 감사 쪽에 서야 할지 눈치를 보기 시작했다. 다른 동대표도 마찬가지였다. 자연히 지휘 체계도 흐트러졌다. 나의 업무 지시가 하나둘 힘을 잃기 시작했다. 한 번도 겪어보지 못한 일이었다. 그러면서 회의 때마다 감사는 노골적으로 나를 공격하기 일쑤였다. 그렇다고 그의 욕심을 공개할 수도 없었다. 혼자 삭히고 가야 할 일이었다. 구청에 신고하기도 쉽지 않았다. 신고한다고 모든 일이 끝나는 게 아니었다. 신고하고 나면 더 큰 후 폭풍이 밀려오기 때문이다. 이 직업을 그만둘 각오가 없으면 함부로 구청에 신고할 수 없었다. 좋은 게 좋은 거였다.

그런 상태에서 얼마 전 산재 사고까지 터져 버렸다. 관리기사가 아파트 정원수 전정 작업 중에 사다리에서 미끄러져 어깨뼈를 다쳤다. 그를 병원에 이송하고 나서 산재 처리로 정신이 없던 차였다.

"소장님은 직원들 안전교육도 제대로 안 하는 겁니까! 도대체 소장님은 뭐 했어요?"

관리사무소 문을 열자마자 회장이 소리를 냅다 질렀다. 사고 뒷수습을 하던 나는 그의 목소리에 깜짝 놀랐다. 그는 평소 동대표에게 "안 됩니다."라고 법에 모순된 일을 거절한 나에 대한 불만을 그렇게 터트리는 것이다. 새삼스러운 일도 아니었다. 늘 그렇듯 책임질 일이 생길 때마다 겪어 왔던 터였다.

'역시, 가재는 게 편이 될 수밖에 없어.'

길게 한숨을 쉬었다. 가만히만. 가만히만 있어 주면 좋을 터였다. 일 처리보다 힘든 사람과의 관계였다.

날마다 회장과 감사와 나의 신경전이 반복되었다. 그렇다고 물러설 수는 없었다. 회장과 감사의 임기는 아직 1년이 더 남아 있었다. 내가 1년을 더 버틸 수 있을지 의문이었다. 더구나 다음 달이면 내년 예산을 준비해야 하는 시기였다. 어쩔 수 없이 회장과 담판을 지어야 한다. 그런 후에 입주자대표회의에서 예산을 통과시켜야 한다. 호의적이지 않은 회장에게 직원들의 급료와 내년 사업을 조율한다는 건 생각보다 힘든 일이다.

"내년 예산과 위탁관리 재계약이 남아 있지요."

그가 지나가는 말로 툭 뱉었다. 은근한 협박이었다. 그는 감사가 주변 사람들을 설득해서 반대 여론을 형성하면 머리 아프지 않냐고 했다. 재계약 문제는 위탁관리 본사에서 얼마간의 힘을 보태줄 것이긴 하지만 나의 관리능력을 문제 삼을 소지가 있었다.

'그만둘까. 생활은 어떻게 하고.'

요즘 들어 그만두고 싶다는 생각이 자주 든다. 이곳에서 얼마나 더 견딜 수 있을까. 이제는 더 버틸 힘이 없었다. 살아가야 한다는 사실에 자꾸만 겁이 났다. 나를 옥죄는 굴레들로부터 자유로워지고 싶었다. 볼에 뜨거운 것이 흘렀다. 그러고 보니 나는 울고 있었다. 나만을 바라보는 엄마의 기대에 찬 얼굴과 초등학생인 딸아이의 얼굴이 눈앞에 떠올랐다. 그와 동시에 스마트폰이 환하게 빛을 내며 야상곡이 흘러나왔다.

"엄마, 언제 와. 참외 사 올 거지."

손가락을 움직여 휴대폰 화면을 밀었다. 6시 50분이라는 숫자가 선명하다. 늦었다. 서둘러 가방을 주워 들고 자리에서 일어나 의자를 밀어 넣었다. 그러고는 문을 열고 밖으로 나갔다. 가로등이 환하게 아파트 마당을 비추고 있었다.

현관문을 열자 엄마가 왜 이리 늦었냐고 야단하며 참외가 든 봉투를 받아 들고 부엌으로 걸음을 옮겼다. 내가 먹을 저녁을 챙길 모양이었다. "나 밥 생각 없어. 윤아 참외나 깎아줘." 하고 돌아섰다. 걱정스러워하는 엄마의 안타까운 시선이 내 뒤통수로 느껴졌다. 요즘 들어 자꾸 신경질적으로 변해 가는 내가 측은한 모양이었다. 누구보다도 내가 관리소장이 된 걸 자랑스러워하던 엄마였다.

"자는요. 지가 돈 벌어 대학까지 마쳤다 아잉교."

그럴 때면 엄마는 어깨를 들썩이며 항상 따라붙는 말이 있었다.

"자가 일하는 아파트에 안 가봤능교. 소장실이 따로 있대요. 내가 눈물이 왈칵 나더라고요. 부모라고 자한테 해 준 게 없는데."

작은 방에서 윤아가 쪼르르 달려와 내 품에 안겼다. 응 급 결에 아이를 확 밀어냈다. 윤아가 놀라면서 몇 걸음 뒤로 물러섰다. 그리고 울먹였다. 나도 놀랐다. 내가 왜 윤아를 밀어내었을까. 모를 일이다. 세상에서 가장 사랑 하는 딸을 내가 왜. 내가 살아가는 이유는 딸 때문이다. 우는 아이를 가만히 안고 등을 토닥였다.

"윤아, 엄마가 오늘은 여유가 없어. 오늘은 정말."

혼자 말처럼 중얼거렸다. 딸아이에게 하는 말이 아니라 나 자신에게 하는 말이었다. 나도 누군가에게 안겨 울고 싶었다. 사는 게 너무 버거웠다. 지금은 아이도, 엄마도 모두 귀찮았다. 딸아이의 우는 소리가 들리자 엄마는 재 빨리 참외를 깎아 내왔다. 참외를 보고 딸아이는 눈을 반 짝이며 언제 울었냐는 듯 포크를 집어 들었다. 딸아이는 접시에 있는 참외씨 부분만 싹쓸이하듯 발라먹었다. 그러 고는 나머지 부분은 먹는 둥 마는 둥 깨작거렸다. 엄마는 계집 얘가 희한하다고 야단을 했다. 윤아는 먹는 모습까 지 상운을 닮았다.

"엄마가 오늘은 좀 쉬어야겠는데 괜찮지."

윤아가 걱정스러운 표정으로 고개를 끄덕였다. 엄마도

마찬가지였다.

 그들의 표정을 뒤로하고 내 방으로 들어왔다. 방으로 들어서자마자 사각의 어둠이 나를 조여왔다. 그러나 그 압박감이 오히려 나에게 편안함을 주었다. 어둠이 주는 공평함 때문인지도 모른다. 나의 두려움과 약한 모습을 숨길 수도 있고, 지친 나에게 쉬어가라고 하지 않는가. 나는 불도 켜지 않은 채로 침대에 얼굴을 묻었다. 쉬고 싶다. 정말 쉬고 싶다. 상운이도 그때 그랬을까. 내가 얼마나 더 버틸 수 있을까. 두렵다. 어떻게 해야 하나.

 또다시 어스름이 내렸다. 퇴근 시간이다. 직원들을 퇴근시키고 나서 사무실을 나와 자동차 문을 열고 운전석에 앉았다. 그 때마침 운전대에 어디선가 파리가 날아와 앉았다. 손을 휘저으며 파리를 내쫓았다. 이놈의 파리가 날아가는 듯하더니 다시 운전대에 앉았다. 이번에는 핸드백에서 손수건을 꺼내 파리를 내쫓았다. 그제야 파리는 자동차에서 멀리 날아갔다. 파리가 날아간 저편에 아파트 화단이 보였고, 화단에는 가을을 재촉하듯 울긋불긋 단풍이 물들고 있었다.

섬 안의 섬

김화순 지음

발행처　도서출판 **청어**
발행인　이영철
영업　　이동호
홍보　　천성래
기획　　남기환
편집　　방세화
디자인　이수빈 | 김영은
제작이사 공병한
인쇄　　두리터

등록　　1999년 5월 3일
　　　　(제321-3210000251001999000063호)

1판 1쇄 발행　2023년 10월 10일

주소　　서울특별시 서초구 남부순환로 364길 8-15 동일빌딩 2층
대표전화 02-586-0477
팩시밀리 0303-0942-0478
홈페이지 www.chungeobook.com
E-mail　ppi20@hanmail.net

ISBN　　979-11-6855-182-4 (03810)

이 책의 저작권은 저자와 도서출판 청어에 있습니다.
무단 전재 및 복제를 금합니다.